W0223846

Briefträgerkind

Oskar Kern: Briefträgerkind

Alle Rechte vorbehalten
© 2014 edition a, Wien
www.edition-a.at

Text: Simone Hoepke
Cover: Kyungmi Park
Gestaltung: Hidsch
Korrektorat: Cornelia Lein

Gesetzt in der *Quiroga Serif Std*
Gedruckt in Europa

1 2 3 4 5 6 — 17 16 15 14

ISBN 978-3-99001-102-7

OSKAR KERN

Briefträgerkind

Die kleinen Weisheiten meiner Eltern

edition a

Inhaltsverzeichnis

7 Ein Galadinner
13 1. Sei bereit zu scheitern
30 2. Bist du dir deiner Sache sicher, folgen dir die anderen irgendwann
57 3. Der Rucksack muss gut gepackt sein
69 4. Es geht nicht um die Briefe, sondern um die Menschen
85 5. Geh den holprigen Weg
99 6. Öffne manchmal auch eine Tür, hinter der ein Hund bellt
109 7. Lass dich nicht ins Postamt locken
126 8. Sei immer auf alles vorbereitet
144 9. Lass das Moped im richtigen Moment los
154 10. Gib so viel du kannst, es kommt zurück
166 11. Es gibt immer einen Gartenzaun und wenn nicht, dann stell dir einen vor
176 12. Mach Pause, wenn du sie brauchst (und nicht, wenn es deine Urlaubsplanung vorsieht)
193 13. Flieg wie ein Falke
200 14. Setz dich auf verschiedene Steine
212 15. Wichtiger als alles andere ist die Familie
219 Später am Abend

Für Petra, Simon und Stefan

Ein Galadinner

»Bellini?« Der Kellner im schwarzen Anzug und mit Fliege stand mit seinem Tablett vor zwei jungen Männern, die verdutzt schauten. »Ich kenne nur Belimo, das sind die kleinen orangefarbenen Kästen mit Motorantrieb, die wir bei Lüftungsklappen einbauen, aber ich nehme gern ein Glas«, sagte einer der beiden und griff zu. »Eigentlich würde ich jetzt lieber einen Spritzer in meinem Stammbeisl trinken«, sagte sein Kollege, als der Kellner außer Hörweite war.

Ich hatte das Gespräch zufällig mitgehört und musste lachen. Nicht über die beiden, sondern weil ich mich in die Situation zurück versetzt fühlte, als mich meine Firma als jungen Projektleiter zum ersten Mal zu so einer Festveranstaltung geschickt hatte.

Ich war als 25-Jähriger zu einer Gala-Veranstaltung in die Orangerie des Schloss Schönbrunn geschickt worden und kannte dort niemanden. Verloren stand ich im Raum, über mir ein Kronleuchter, um mich das Geklapper von genagelten Schuhen und das Geschnatter der Gesellschaft. Die Herren trugen schwarze Anzüge, die paar vereinzelten Damen Abendkleider. Ich kam mir damals vor, wie bei einem Pinguintreffen. Das Gehabe der Pinguine fand ich gewöhnungsbedürftig. Hohe Tiere bewegten sich offenbar nur in Traubenform fort, stets von ihrem Pressechef, ihrem Sekretär und zumindest fünf weiteren wichtigen Leuten umringt. Neuankömmlinge im Saal rannten ihnen, mit ausgestreckter Hand und leicht gebückter Haltung entgegen, um sie, kaum in Hörweite, mit den Worten »Herr Generaldirektor«, »Herr Doktor« oder »Herr Kommerzialrat« zu grüßen. Tauchte ein noch wichtigerer Pinguin auf, begann das Schauspiel von neuem. Die Pinguine schienen einen ausgeprägten Herdentrieb zu haben. Traubenweise bewegten sie sich zum nächsten zu Verehrenden. Sie streckten wieder ihre Hand vor, nahmen die leicht gebückte Haltung ein und schmetterten ihm ein euphorisches »Herr Präsident«, oder »Herr Diplomingenieur« entgegen. Wie befremdlich das für mich war, fiel mir wieder ein, als ich die beiden Burschen beobachtete.

Ich komme aus so genannten einfachen Verhältnissen, Veranstaltungen wie diese gehören nicht seit jeher zu meinem üblichen Abendprogramm. Beim Binder-Wirt, an der Grenze zwischen Ober- und Niederösterreich, bei dem ich in meiner Jugend meine Abende verbracht hatte, tranken alle Spritzer oder Cola-Rot. Die feinen Leute hätten es beim Binder-Wirt nicht leicht gehabt. Das Getue mit dem Wein zum Beispiel hätte ihnen dort nichts gebracht, weil der Binder-Wirt nur zwei Sorten kannte, roten und weißen. Allein schon ihre genagelten Schuhe wären Grund genug gewesen, um noch vor Mitternacht bei Klaus, einem Stammgast, die erste Watschen zu kassieren. Angesagt war dort ein gefederter Gang in weißen Turnschuhen zum Beispiel von Adidas, Marke Jogging High. Die mit den charakteristischen roten, blauen oder gelben Kunststoffstiften in der Sohle. Als ich einen Teil der Unterhaltung der beiden Burschen aufschnappte, fühlte ich mich in die vergangene Zeit zurück versetzt. Da ich ohnehin auf meine Frau wartete, die wiederum auf unseren Babysitter warten musste, stellte ich mich zu ihnen an den Stehtisch und wechselte ein paar Worte mit ihnen.

Wenig später wies uns der Kellner den Weg in den Speisesaal. Ich wurde unterwegs noch ein paar Mal aufgehalten, weil ich viele Gäste kannte. Aus dem Augenwinkel beobachtete ich, wie der Kellner den Burschen einen Tisch zuwies und einem der Männer den Sessel unter den Hintern schieben wollte. Entrüstet riss der junge Mann dem Kellner die Sessellehne aus der Hand. Ich musste wieder lachen und an das Dorfgasthaus in meinem Heimatort denken. Dort war es in meiner Jugendzeit ein beliebter Sport gewesen, anderen den Sessel wegzuziehen. Das hatte ich schon fast vergessen. Der Kellner entfernte sich verstört vom Tisch der jungen Männer.

Ich kam endlich an den mir zugewiesenen Tisch und begrüßte meine Tischnachbarn, die ich alle aus langjährigen Geschäftsbeziehungen kannte. Am Tisch standen bauchige Rotweingläser und ich erinnerte mich daran, dass ich mir als junger Projektleiter gedacht hatte, dass man darin auch problemlos drei Goldfische überwintern hätte können.

Meine Frau war noch immer nicht eingetroffen, der Platz links neben mir blieb vorerst leer.

Rechts neben mir saß ein Unternehmer, der für sein gutes Netzwerk bekannt war. Ich war damals schon im Führungskreis eines Konzerns, aber der Mann wusste nicht, welcher Weg mich dorthin geführt hatte. Er schien herausfinden zu wollen, über welche Kontakte ich verfüge und tippte darauf, dass ich einflussreiche Eltern hätte.

»Woher kommen Sie eigentlich, Herr Kern?«, fragte er mich.

»Aus Liebenau«, antwortete ich.

»Liebenau? Das kenne ich doch. Liebenau bei Graz? Welche Firma ist denn dort?«

Ich korrigierte, dass es sich um Liebenau im Mühlviertel, an der Grenze zwischen Oberösterreich und Niederösterreich handelt. Flächenmäßig so groß wie die Landeshauptstadt Linz, aber mit nur knapp 1800 Einwohnern. Zudem der höchstgelegenste Ort Oberösterreichs, das größte Hochmoor Mitteleuropas und überhaupt.

Der Netzwerker hakte nach. »Hat in Liebenau ein Konzern eine Niederlassung?«

»Natürlich«, antwortete ich und hatte die Aufmerksamkeit des ganzen Tisches. Alle überlegten, aber keiner hatte die Lösung parat.

»Die Post«, klärte ich die Runde auf. Verständnislose Blicke. »Die Verbindungen ihrer Familie sind mir noch immer nicht ganz klar«, gestand der Netzwerker.

»Meine Eltern haben die besten Verbindungen, die Sie sich vorstellen können«, sagte ich. »Sie kennen jeden in Liebenau. Jeden einzelnen der knapp 1800 Einwohner.«

Er zog die Augenbrauen hoch.

Ich wollte ihn nicht länger auf die Folter spannen. »Mein Vater war bis zu seinem Ruhestand Briefträger in Liebenau, und meine Mutter war Briefträgerin. Sie waren Landbriefträger.«

Wieder Stille am Tisch. Der bisher so eloquente Unternehmer fing zu stottern an. Das sei ihm jetzt unangenehm, sagte er. Er tat, als hätte er sich nach dem Wohlergehen von Verstorbenen erkundigt.

»Sie liegen ganz richtig«, sagte ich. »Ich verdanke meine Karriere meinen Eltern, bloß nicht ihren Beziehungen, sondern ihrer Art zu leben und zu arbeiten, die sie mich gelehrt haben.«

Ich nahm noch einen Schluck Bordeaux. »Wenn Sie guten Landbriefträgern zuhören, können Sie sich alle teuren Seminare und Berater, alle Karriere-Guides und Erfolgsratgeber sparen. Gute Landbriefträger wissen alles über das Leben, dass ein erfolgreicher Manager braucht und noch viel mehr.«

Die Aufmerksamkeit des Tisches gehörte endgültig mir. Der Professor lächelte. »Dann geben Sie uns doch bitte mal ein paar Tipps«, sagte er.

Liebenau, Bezirk Freistadt, Oberösterreich, hat die Postleitzahl 4252. Als Briefträgerkind finde ich das erwähnenswert. Liebenau liegt auf knapp tausend Metern Seehöhe, und entsprechend rau ist das Klima dort. Meine Großmutter pflegte zu sagen, dass bei uns acht Monate im Jahr Winter ist. Kälteempfindliche Menschen werden ihr beipflichten. Ich und meine Geschwister Klaus und Silvia waren das Klima gewöhnt.

Liebenau hat wie schon gesagt knapp 1800 Einwohner und bis zum nächsten Nachbarn haben es die meisten richtig weit. Statistisch gesehen leben gerade einmal 22 Menschen auf einem Quadratkilometer. Viele Liebenauer leben in kleinen Bauernhöfen, einige in großen Vierkanthöfen hinter großen Toren, jeweils mehrere Kilometer vom nächsten Haus entfernt. In meiner Kindheit in den 1970er Jahren waren das noch Entfernungen, denn kaum jemand besaß ein Auto. Viele alte Leute, die in den entlegenen Höfen lebten, kamen nur einmal die Woche zur Sonntagsmesse ins Dorf, andere überhaupt nur einmal im Jahr.

Niemand kannte die Liebenauer so gut wie meine Eltern. Nicht einmal der Bürgermeister. Mein Vater und später auch meine Mutter waren als Briefträger über die kleineren und größeren Familiendramen informiert. Sie wussten, wer gerade wen verlassen hatte, welche Kinder welche Probleme machten, wer krank, frisch verliebt oder einfach nur froh über die eingebrachte Ernte war. Schließlich klopften sie fast täglich mit der Post an die Türen jedes einzelnen Hauses. Auf Wunsch brachten sie Medikamente aus der Apotheke oder andere Besorgungen aus dem Dorf mit, und pünktlich zum Monatsersten hatten sie für die Alten die Rente dabei. Meine Eltern, das sind »der Fritzl« und »die Christl von der Post«.

Schon als Kind habe ich es geliebt, im Sommer mit meinem Vater auf Tour zu gehen, oder besser gesagt zu fahren. Während meine kleineren Geschwister zuhause blieben, begleitete ich meinen Vater. Auf einem Zweisitzer-Moped, Marke Puch, mit rot-weiß-schwarzem Tank und Stollenreifen. Ich saß hinter meinem Vater auf »der Reib'n«, wie er das Moped nannte. Ich klammerte mich an ihm fest und passte auf, dass ich mit dem Fuß nicht zu nahe ans heiße Auspuffrohr kam. Die Abgase der laut knatternden Puch waren für mich der Geruch von Freiheit und Abenteuer. Oft ließ mich mein Vater für ein paar Stunden auf einem der Höfe zurück und holte mich erst am Heimweg wieder ab. In der Zwischenzeit blieb ich bei meinen, über das Gemeindegebiet verstreuten Schulfreunden, begutachtete die jungen Katzen und Hunde auf den Höfen oder verdiente mir ein Taschengeld, indem ich den Bauern bei der Apfelernte half. Die Sommerferien waren die schönste Zeit im Jahr.

Einmal, in dem Sommer, als ich 13 war, war ich mit meinem Vater unterwegs zum vorletzten Haus der Tour, dem entlegenen Vierkanthof des alten Ferli und seiner ebenso alten Frau Resi. Auch ihr Hof war uralt und teilte sich wie alle Höfe in einen Wirtschafts- und einen Wohntrakt. Im oberen Teil des Gebäudes befand sich der aus Holz gebaute Heuboden mit den charakteristischen Luken. Der untere Teil, mit den winzigen Fenstern, war gemauert. Die Mauern dieser Höfe waren so dick, dass es drinnen selbst im Sommer nie richtig warm wurde, dafür speicherten die Mauern im Winter die Wärme. Die Witterung hatte über die Jahrhunderte Spuren in Form von schwarzen Flecken am Mauerwerk hinterlassen. An manchen Stellen bröckelte der Verputz von der Wand. Der Hof war nicht der größte und schon gar nicht der schönste in Liebenau. Aber die knorrigen Birnbäume und die Rosenstauden, die sich links und rechts vom großen Hoftor empor rankten, hatten etwas von einer wildromantischen Idylle.

Mit der Stille in der Idylle war es an jenem Tag jedenfalls fürs erste vorbei. Denn mit lautem Knattern fuhren mein Vater und ich vor. Das brachte den Hof-Schäferhund Aron auf den Plan. Er setzte zum üblichen Kläffen hinter dem Hoftor an. Das war für alle, die Aron nicht kannten, durchaus angsteinflößend. Wir kannten ihn aber. Aron war uralt. Er hatte halb gelähmte Beine und trübe Augen. Nach ein paar freundlichen Worten freute er sich über jeden Besuch und legte sich bald wieder erschöpft in eine sonnige Ecke, um seine müden Glieder zu wärmen.

Viel gefährlicher war der stolze Hahn des Hofes. Ich hatte mich nur einmal mit ihm angelegt, als ich einer seiner Hennen einen Fußtritt gab. Seitdem wusste ich, mit welcher Kraft das ständig herumstolzierende Tier angreifen konnte.

Hausherr Ferli war einer der ruhigsten Männer, die ich kannte. Ihn konnte nichts und niemand aus der Ruhe bringen. Nicht einmal die Jahreszeiten schienen ihn zu beeindrucken. Er trug immer dieselbe dunkelbraune, abgewetzte Cordhose. Seine Hosenträger waren seine eigene Spezialkonstruktion. Die eine Seite des Hosenträgers fixierte er, solange ich mich zurück erinnern konnte, mit der Klammermaschine am Hosenbund. Dazu trug er bei jedem Wetter eine rote Strickweste, an der nur noch ein Knopf baumelte, und bei niedrigeren Temperaturen zwei oder drei Strickpullover darunter. Seine Füße steckten das ganze Jahr über in Holzpantoffeln, Socken trug er nicht einmal bei Minusgraden. Dafür bedeckte er das ganze Jahr über seine Glatze mit einem grünen Jägerhut.

Wie so oft, saß der alte Mann mit dem faltigen, aber zufriedenen Gesicht im sonnigsten Eck des Hofes auf einer Bank. Vor ihm stand sein Krug aus Steingut, randvoll mit Most. Daneben ein Teller mit einer Jause. »Setzt euch, Maria hat gerade frisches Brot gebacken und das Geselchte ist auch schon fertig«, sagte er.

Ich war von der Einladung mäßig begeistert. Es war wie gesagt die vorletzte Station unserer Tour und ich wollte nach Hause. Doch mein Vater sah das anders. Ein »Gmischter«, bestehend aus Most, Süßmost und Wasser, gehörte für meinen Vater zu den richtig guten Dingen im Leben. Er hängte mir die Posttasche um die Schulter. »Fahr du alleine zu den Gringers«, sagte er.

Ich alleine mit seinem Moped? Ich war noch nie mit der Puch gefahren, von ein paar Runden vor unserem Haus einmal abgesehen. Doch der Hof der Gringers, der letzten Adresse auf der Tour, war Kilometer entfernt. Dort wachte auch noch ein ganz anderer Hund als Aron. Der war nicht gerade für seine Gastfreundschaft gegenüber Briefträgern bekannt.

Mein Vater bemerkte mein Zögern offenbar. »Fahr schon los«, sagte er. »Wenn was schief geht, hast du was gelernt.« Er klopfte mir auf die Schulter und griff mit der zweiten Hand schon zum Krug.

In dem Moment riss Resi die Haustür auf und schlurfte in ihrer rot und weiß karierten Kittelschütze auf den Hof. »Ferli, zum Teufel«, rief sie. »Wo bist du schon wieder?« Wie immer trug sie Stützstrümpfe und Holzschlapfen, die irgendwann vielleicht einmal weiß gewesen waren, jetzt aber eine ganz erdige Farbskala zeigten.

»Du bist aber eine fesche Feder«, rief ihr mein Vater zu. »Wenn ich nicht verheiratet wäre, wärst du noch was für mich.«

»Du kannst sie gerne mitnehmen«, sagte Ferli.

Das hörte Resi nicht. Nach den Worten meines Vaters wurden ihre Gesichtszüge augenblicklich weicher. »Jessas, der Fritzl ist auch wieder einmal da. Was gibt es denn im Dorf Neues? Warte ich hol das Geselchte.«

Sie machte kehrt und verschwand wieder im Haus. Das Dorf war gerade einmal zehn Kilometer von ihrem Hof entfernt, aber Resi gehörte zu den Liebenauern, die so gut wie nie dorthin kamen. Entsprechend froh war sie, wenn ihr jemand Neuigkeiten brachte.

Mir war klar, dass mein Vater so schnell nicht wieder von der Bank, auf der er neben Ferli Platz genommen hatte, aufstehen würde.

Ferli fand auch, dass ich fahren sollte. Es würde mir sicher Spaß machen, einmal alleine mit der Puch über den Waldweg zu düsen, meinte er. »Bis zum Kaffee bist du längst wieder zurück«, sagte Ferli. »Dann kriegst du ein Stück von dem Kirschenkuchen, den Resi gemacht hat.«

Ich vermutete, dass der alte Mann noch nie auf einem Moped gesessen war. Ich kannte ihn nur in seinem Vierkanthof und auf seinem alten roten Traktor. An besonderen Festtagen fuhr er damit sogar in die Kirche. Resi saß dann im Sonntagsgewand auf dem Anhänger, auf einem, mit einem bunten Teppich umwickelten Brett. Viel weiter als bis ins Dorf kamen die beiden nie.

Brauchten sie auch nicht. Ihr Hof war wie viele andere auch ein Mikrokosmos. Mit ein paar Schweinen, Kühen und Hühnern waren sie mehr oder weniger Selbstversorger. Sie mussten nur Zucker, Mehl und Kaffee zukaufen. Damals war der Duft von Kaffee noch etwas Besonderes.

Vielleicht hatte der Alte ja Recht, dachte ich. Bis zum Kaffee war ich wieder zurück. Außerdem hatte mir mein Vater die Erlaubnis gegeben zu scheitern. Was ja eigentlich bedeutete, dass ich vor nichts Angst haben musste. Ich schwang mich auf die Puch und trat den Kickstarter. Es funktionierte einwandfrei. Lässig winkend fuhr ich vom Hof und bog in den Waldweg ein, der zu den Gringers führte.

»Lass dich nicht vom Förster erwischen«, rief mir mein Vater noch nach.

Der Förster, das war jemand in unserem Dorf. Er gehörte zu den hohen Herren. Er stand in einer Reihe mit dem Hauptschuldirektor, dem Arzt, dem Bürgermeister und dem Pfarrer. Meist sahen wir ihn mit einem Försterhut samt Gamsbart am Kopf, gekleidet in einen Steirerjanker und in Lederhosen. Seine Füße steckten in grünen Stutzen und schwarzen Haferlschuhen mit sechs Öhsen und fester Gummisohle. Dass er zu den Höheren gehörte, zeigte auch sein Fortbewegungsmittel. Er fuhr einen grünen Käfer.

Der Förster war Angestellter der Grafen Czernin, den Herren des Schlosses Rosenhof, denen die meisten Wälder und damit auch die schönen Forststraßen gehörten. Und er wachte darüber. Lautstark. Wenn er uns Buben mit dem Fahrrad im Wald oder beim Fischteich erwischte, hallte ein »Rotzbuben«-Brüller durch den Wald, der uns erstarren ließ. In der Sekunde blieben wir stehen. Er bewegte sich auch nie vom Fleck. Es war selbstverständlich, dass wir zu ihm kamen, um uns unsere Verbalwatschen abzuholen.

Forststraßen waren immer mit einem Schranken abgesperrt, sodass Unbefugte sie nicht benutzen konnten. Sie waren den Adeligen und ihren Beschäftigen vorbehalten und damit kein Allgemeingut. Trotzdem kannte ich sie alle. Von meinem Vater, der die Gegend so gut wie sonst niemand kannte. Er schlängelte sich meist einfach am Schranken vorbei und knatterte auf seiner Puch unbehelligt durch den Wald.

Je näher ich dem Schranken kam, desto nervöser wurde ich. Es gab nur ein kleines Schlupfloch. Bei meinem Vater sah es immer ganz spielerisch aus, aber ich wusste nicht, ob ich die Puch da durch manövrieren konnte. Ich drosselte die Geschwindigkeit, um Zeit zu gewinnen. Was auf der Schotterstraße keine sehr gute Idee war. Mit der Geschwindigkeit verlor ich auch Bodenhaftung und war immer wackeliger unterwegs. Noch dazu rutschte mir die Posttasche von der Schulter. Ich rückte sie mit einer hektischen Bewegung zurecht. Dann ging alles sehr schnell. Ich lag der Länge nach im Schotter und sprang sofort wieder auf, mich hektisch vergewissernd, dass den peinlichen Zwischenfall niemand beobachtet hatte.

Der Inhalt der Posttasche war über den Weg verstreut. Meine Hose war zerrissen und mein Ellbogen aufgeschunden. Am Hof vom Ferli würde ich den Zwischenfall jedenfalls nicht geheim halten können. Seufzend sammelte ich die Post für die letzte Kundschaft für den Tag von der Straße auf, wischte den

Sand und Schotter von den Kuverts und Prospekten und mir den Schweiß von der Stirn.

Mit zittrigen Knien stellte ich die Puch auf die Räder, schwang mich darauf und trat den Kickstarter. Erst beim dritten Mal sprang sie an. Das trug nicht gerade dazu bei, mir Mut zu machen. Mit jedem Meter, den ich mich dem Schranken näherte, wurde ich noch nervöser. Ich hatte schier keine Ahnung, wie ich unfallfrei daran vorbei kommen sollte. Meine Knie zitterten, als ich weiter viel zu langsam über die Schotterstraße schlich. Doch eine höhere Macht schien Erbarmen mit mir zu haben. Der Schranken war offen. Ich konnte einfach geradeaus durchfahren.

Meine Erleichterung schlug in Übermut um. Zum ersten Mal in meinem Leben schaltete ich vom zweiten in den dritten und schließlich in den vierten Gang. Ich gab richtig Gas. Die Posttasche drückte im Fahrtwind immer schwerer gegen meinen Bauch. Ich kam mir wie ein Held vor. Mit gefühlter Lichtgeschwindigkeit düste ich am Schranken vorbei.

»Rotzbub!«

So ein Brüller kam nur von einem Menschen in unserer Gemeinde. Jetzt erst wurde mir klar, was der offene Schranken bedeutete. Er bedeutete nicht, dass der Weg frei war, sondern vielmehr, dass der Förster in der Nähe war.

Vor lauter Ärger, Schreck und Aufregung vergaß ich zu bremsen. Stattdessen gab ich Vollgas. Das war kein böser Wille, sondern schlicht ein Koordinationsfehler. Ich raste dahin und war sicher, dass das Moped jeden Moment abheben würde. Im zitternden Rückspiegel sah ich nur die Staubwolke und in ihrer Mitte den aufgebrachten Förster wie einen bösen Waldgeist.

»Rotzbub! Bleib stehen!«

Er wurde immer kleiner im Rückspiegel. Ich saß wie versteinert am Moped, den Gasgriff bis zum Anschlag gedreht. Es war eine Art Schockstarre. Stehenbleiben war keine Option für mich. Ich fühlte mich nicht wie ein harmloser Aushilfspostler, sondern wie ein Posträuber, der gerade einen ganzen Kassensaal in die Luft gejagt hatte und nun auf der Flucht war.

Ich düste weiter und weiter über die Forststraße. Einen Kilometer, zwei Kilometer, drei Kilometer. Den Blick stets auf den Rückspiegel gerichtet. Jeden Moment hätte der dunkelgrüne Käfer des Försters dort auftauchen können. Allein der Gedanken trieb mir Tränen der Verzweiflung in die Augen und mein Herz klopfte bis in den Hals.

Der Käfer tauchte nicht auf. Der Förster war mir auch sonst nicht nachgefahren. Das schien unter seiner Würde zu sein. Andererseits hatte er es davor auch nie nötig gehabt, weil ich mich immer gleich freiwillig gestellt hatte. Deshalb traute ich meinem Glück noch nicht. Erst als ich die Forststraße wieder verlassen hatte, wurde ich allmählich ruhiger.

Ich schaltete zurück in den dritten, dann in den zweiten und schließlich in den ersten Gang. Auf den letzten Metern zum Hof mit dem bissigen Hund der Gringers, hätte mich ein alter Mann mit Krückstock überholen können, aber wenigstens kippte ich jetzt nicht mehr um. Meine Nerven waren schon wieder gespannt. Ich fand das Postler-Leben überhaupt nicht mehr aufregend. Ich fand es einfach zum Fürchten.

Die blau gestrichene Hoftür der Gringers stand offen. Umständlich manövrierte ich die Puch hindurch. Kein Mensch war zu sehen. Auch nicht der Hund. Nur ein paar Hühner pickten in der Wiese und zwei junge Katzen jagten sich gegenseitig über den Hof.

Zu jener Zeit sperrten die Leute ihre Hunde gerne in die Küche, weil es dort am meisten zu bewachen gab. Alles Wertvolle befand sich dort, inklusive des Geldes und des Sparbuchs. Meist lag das alles unter der Eckbank in einer Schachtel oder einer alten Dose. Man musste nicht Briefträger sein, um diese Verstecke zu kennen.

Damals spielte sich in der Küche überhaupt das halbe Leben ab. Schon deshalb, weil das im Winter der einzige beheizte Raum war. Womit auch klar war, dass der Briefträger die Post in die Küche zu bringen hatte. Viele Hausfrauen erwarteten das. Schließlich gaben sie dem Briefträger gern noch Bestellungen für den Greißler im Ort mit.

Für mich war diese Sitte an jenem Tag unerträglich. Mit zittrigen Knien stieg ich vom Moped.

Nach wie vor war weit und breit niemand zu sehen, dem ich die Post in die Hand drücken hätte können. Ich ging zum Kuhstall. Niemand. Auch nicht beim Hühnerstall und in der Scheune. Der Hof schien von allen Menschen verlassen.

Damit war für mich klar, dass der Hund in der Küche wachte. Mir blieb wirklich nichts erspart. Ich fragte mich, ob meinem Vater bewusst gewesen war, durch welche Hölle er mich schickte. Die ganze Situation erschien mir ausweglos.

In Zeitlupe holte ich die vom Sturz verstaubten Kuverts aus der Posttasche und öffnete die Haustür. Der Hund bellte noch immer nicht. Auf Zehenspitzen schlich ich zur Küche. Im Flur roch es nach frischem Kuchen und abgekochter Milch. Vor der Küchentür blieb ich stehen und horchte. Nichts. Das bissige Vieh schien einen guten Schlaf zu haben. Ich holte tief Luft, drückte behutsam die Türklinke, öffnete die Tür einen Spalt breit und schleuderte die zusammengerollten Prospekte samt den Kuverts hinein. Gleich darauf knallte ich die Tür wieder zu, während drinnen etwas klirrend zu Boden ging. Ich musste irgendetwas getroffen haben. Und das verdammte Vieh war anscheinend nicht mal in der Küche, sonst hätte es spätestens jetzt wie verrückt zu bellen angefangen.

Irgendwo musste es sein. Ich lief so schnell ich konnte aus dem Haus, schwang mich aufs Moped und brachte es wie durch ein Wunder auf Anhieb zum Laufen. Als wäre der Teufel hinter mir her, jagte ich vom Hof. Im Rückspiegel eine Staubwolke, diesmal ohne bösen Geist darin.

Ich war aufgeregt und stolz. Ich hatte den weiten Weg hierher und die Zustellung der Post geschafft. Ganz alleine. Dass ich die Hosen dabei gestrichen voll gehabt hatte, musste ich ja niemandem erzählen. Die Schuld an den Scherben in der Küche würden die Gringers der Zugluft oder dem Hund geben, auch wenn der gerade nicht da gewesen war. Geschah ihm schon recht, dem blöden Vieh. Schließlich hatte er schon mehrmals nach meinem Vater geschnappt.

Pfeifend fuhr ich zurück zu Ferlis und Resis Hof. Ich fühlte mich wie jemand, der über sich selbst hinaus gewachsen war. Erwachsen quasi. Schließlich kam diesmal nicht mein Vater mich abholen, sondern ich ihn. Meine zerrissene Hose und meinen aufgeschundenen Ellbogen hatte ich schon wieder vergessen.

Bis ich neben der Bank, auf der Ferli, Resi und mein Vater saßen, zum Stehen kam. Resi schlug die Hände über den Kopf zusammen. »Um Gottes Willen«, rief sie. »Was ist denn mit dir passiert?«

Mein Vater sprang von der Bank auf und begutachtete zuerst mich und dann das Moped. »Nichts«, sagte er grinsend. »Es ist fast nichts passiert. Jetzt erzähl.«

Das tat ich. Vom Sturz, dem offenen Schranken und dem brüllenden Förster. Nur die Details von der Zustellung der Post bei den Gringers kürzte ich auf »und dann hab ich die Post in die Küche gelegt« ab.

Resi brachte mir ein Stück Kirschenkuchen. Mein Vater war sichtlich stolz auf mich. »Schau, man muss sich nur was trauen, dann kommt man weiter im Leben«, sagte er.

Am nächsten Tag begleitete ich meinen Vater nicht. Ich musste mich von den Aufregungen erst erholen. Als er am späten Nachmittag von seiner Tour zurückkehrte, kam er kopfschüttelnd zu mir ins Zimmer. »Wovor hast du dich bei den Gringers eigentlich gefürchtet?«, fragte er.

Die Gringers waren über meine Art der Postzustellung mäßig begeistert gewesen. Die Wucht, mit der ich die Prospekte und Kuverts in die Küche geschleudert hatte, hatte die zum Abkochen auf dem Herd stehende Milch umgestoßen und im halben Zimmer verteilt. »Bevor du mir noch einmal so eine Sauerei machst, behaltest lieber die Post, Fritzl«, hatte Frau Gringer zu meinem Vater gesagt.

Ich gestand, dass ich mich vor dem Hund gefürchtet hatte und erfuhr, dass dieser gar nicht in der Küche gewesen war. Sondern mit Rudi Gringer, dem Bauern, auf dem Feld.

»Nächstes Mal weißt du, dass du dich mitunter vor Dingen fürchtest, die es nur in deiner Phantasie gibt«, sagte mein Vater. Er klopfte mir versöhnlich auf die Schulter. »Ist ja alles gut gegangen, und gelernt hast du auch etwas dabei.«

Das Gefühl hatte ich auch. Ich wusste jetzt, wie sich eine Puch auf Schotter bei langsamer und schneller Geschwindigkeit verhielt. Wie man die Balance auf dem Moped hielt, und dass ich die Forststraße besser mied, wenn ein Schranken offen war. Einen Schranken zu umfahren, war gar kein Problem, wie ich bald feststellte. Als ich das nächste Mal alleine zu einem anderen Hof fuhr, tat ich es ohne viel nachzudenken. Vor Hunden fürchtete ich mich auch nicht mehr. Wenn sie nicht draußen angekettet waren, waren sie nicht zuhause oder machten in der Küche durch Bellen auf sich aufmerksam.

All das Wissen machte mich ein Stück selbstbewusster. Aussagen wie »Das kannst du nicht, das hast du ja noch nie gemacht«, tat ich von da an als blöde Sprüche ab. Ich probiere es einfach. Wenn ich bei einem neuen Versuch zuerst einmal in den Dreck falle, stehe ich einfach wieder auf, putze mich ab und gehe um eine Erfahrung reicher weiter. Ich hatte ein paar wichtige Dinge gelernt. Wenn ich bereit zu scheitern war, waren Katastrophen keine Rückschläge, sondern Etappensiege. So gesehen sind meine Erfolge die Summe meiner Niederlagen.

2. Bist du dir deiner Sache sicher, folgen dir die anderen irgendwann

Mein Vater saß zufrieden am großen Esstisch in unserer Küche und biss in sein Wurstbrot. Genau genommen biss er in eine mehrere Zentimeter dicke Schicht Wurst, die er auf eine dünne Scheibe Brot mit reichlich Butter gelegt hatte. Sein Arbeitstag hatte sich wieder einmal in die Länge gezogen. Wir waren statt am frühen Nachmittag erst am frühen Abend nach Hause gekommen. Wegen eines längeren Zwischenstopps beim Binderwirt.

Dort war, ausgerechnet als wir vorbei kamen, der Bierwagen vorgefahren. »Oskar, wir müssen dem Bierfahrer helfen«, sagte mein Vater. »Er hat sich an der Hand verletzt und kann die Fässer nicht alleine ins Gasthaus bringen.«

Ich wusste natürlich, dass das ein Vorwand war. Deshalb brachte ich eine Reihe von Argumenten, warum es besser wäre, weiter zu fahren. Auch jenes, dass wir am Nachmittag beim Gasthof Rockenschaub die Balkone der Fremdenzimmer neu streichen wollten. Das hatten wir versprochen und es war viel Arbeit.

Doch mein Vater stieg schon ab. »Die paar Minuten haben wir auch noch«, sagte er und begrüßte den Bierfahrer. Der freute sich über die Hilfe und lud ihn anschließend auf ein kühles Bier ein. Doch die Männer, die tagaus, tagein am Stammtisch saßen, waren ihm schon zuvor gekommen. Als mein Vater das erste Fass in den Gastraum gerollt hatte, hatten sie schon ein Bier für ihn bestellt. »Setz dich her«, riefen sie ihm zu. »Der Oskar trinkt eine Schartner Bombe.«

Die erste Flasche meiner Lieblingslimonade zischte nur so meine Kehle hinunter. Die zweite schon nicht mehr so. Und bei der dritten hatte ich wirklich keinen Durst mehr. Im Gegensatz zu meinem Vater. Ihm schmeckte auch das vierte Bier noch ausgezeichnet.

Als wir endlich nach Hause kamen, war meine Mutter nicht da. Sie war noch im Postamt. Abends, wenn die Schalterbeamten und Briefträger längst zuhause waren, putzte sie damals dort. Das war einer der wenigen Jobs, den eine Frau in jener Zeit in Liebenau bekommen konnte.

Vor Jahren war ein »Durchrechner«, eine Art Kontrolleur, aus der Landeshauptstadt Linz gekommen und hatte gestoppt, dass diese Arbeit in fünfzig Minuten zu erledigen war. Genau so viele Minuten bekam meine Mutter bezahlt. Auch wenn sie länger zum Saubermachen brauchte. Dann schimpfte sie. »Ich habe heute wieder drei Stunden geputzt, weil es so ausgeschaut hat«, sagte sie auch an jenem Tag, als sie zur Küchentüre herein kam.

Wir hatten gerade die Abendnachrichten gesehen. Die Moderatoren verabschiedeten sich bereits.

»Ihr benehmt euch wirklich wie die Wildschweine«, sagte meine Mutter. »Überall sind Schnüre herum gelegen und es war, als hätte jemand eine Fuhre Erde im Amt verteilt.«

Mein Vater schwieg. Er hätte gar nicht antworten können, weil er sich noch ein Wurstbrot gemacht und einen Bissen davon gerade im Mund hatte.

Meine Mutter schimpfte weiter. »Wo warst du überhaupt so lange? Wieder beim Binderwirt?«

Mein Vater schluckte den Bissen seelenruhig runter. Wir alle wussten längst, dass er sowieso keine Chance hatte. Meine Mutter war nicht nur im Recht, sie war ihm auch noch rhetorisch weit überlegen. Er stand in solchen Situationen gerne wortlos auf und verschwand auf leisen Sohlen im Schlafzimmer. Bis zum nächsten Morgen war dann bis auf ein leises Schnarchen nichts von ihm zu hören. Ehekriege, die er nicht gewinnen konnte, führte er auch nicht.

Doch dieses Mal zog er ein Ass aus dem Ärmel. »Im Amt wird ein Schalterposten frei. Alois geht in Pension. Das habe ich heute erfahren.«

Damit schaffte er es tatsächlich, das Thema zu wechseln. Meine Mutter hatte ihren Ärger schon fast vergessen. Ihre Augen leuchteten. »Tatsächlich? Das wäre doch was für mich. Da könnte ich mehr Stunden arbeiten und würde sie auch bezahlt bekommen. Soll ich mich bewerben?«

Sie stellte die Frage mehr an sich selbst, als an meinen Vater. Sie hatte als gelernte Schneiderin nicht die richtige Ausbildung. Doch im Rechnen war sie immer gut gewesen. Sie holte aus der Schublade im Küchentisch ein blütenweißes Blatt Papier. »Ich schreibe jetzt eine Bewerbung und du gibst sie morgen dem Postdirektor«, sagte sie zu meinem Vater.

Sie konnte nicht nur gut rechnen, sondern auch gut formulieren. Zudem schrieb sie in einer so schönen Schrift, als wäre sie Volksschullehrerin gewesen. Sie hatte sich etwas in den Kopf gesetzt. Mein Vater verschwand im Schlafzimmer. Er hatte nie ein Geheimnis daraus gemacht, was er von Schalterposten hielt: Viel zu langweilig.

Tags darauf kam er mit guten Nachrichten von der Arbeit nach Hause. »Der Postdirektor meint, du kannst deinen neuen Job antreten«, sagte er.

Meine Mutter konnte ihr Glück kaum fassen. Sie würde von einem Tag auf den anderen von der Putzfrau zur Schalterbediensteten aufsteigen. Das hätte sie zwei Tage zuvor nicht einmal zu träumen gewagt.

Zum Putzen fuhr meine Mutter immer erst um 17 Uhr ins Amt, weil zu der Zeit alle weg waren und ihr somit niemand im Weg stand. An jenem Tag fuhr sie eine Stunde früher los. Sie wollte sich persönlich bei Alex Hennerbichler, dem Postdirektor, bedanken. Streng genommen war er Dienststellenleiter, aber alle nannten ihn Postdirektor. Hinterher erzählte sie uns ausführlich, was dort passiert war.

Als sie in das Postamt kam, war Hennerbichler gerade mit den Abrechnungen fertig und sperrte die wenigen Wertgegenstände, die er zu verwahren hatte, in den kleinen Tresor. Meine Mutter erklärte ihm, wie froh sie sei, jetzt mehr Geld verdienen zu können. »Ist schon gut, Christl, das ist doch selbstverständlich«, sagte Hennerbichler. »Einen Springer kann ich immer brauchen. Umso mehr freut es mich, dass du das machen willst.«

Meiner sonst so schlagfertigen Mutter fiel die Kinnlade herunter.

Der Springer-Posten hatte rein gar nichts mit einem Schalter zu tun. Es war ein Briefträgerposten, und zwar der unbeliebteste von allen. Ein Springer musste für insgesamt vier Briefträger einspringen können, wenn einer von ihnen krank oder auf Urlaub war. Wer Springer war, musste also nicht nur einen Rayon, sondern gleich vier in- und auswendig kennen und wissen, auf welchem Weg er die Häuser am schnellsten erreichte.

Diesen Knochenjob hatte bisher Karl, ein Bauer aus der Gemeinde, gemacht. Doch es war nicht Karl sondern Alois, der in Pension gehen sollte, zumindest hatte ihr das mein Vater am Abend zuvor erzählt.

»Springer?«, sagte meine Mutter ungläubig.

Hennerbichler nickte. »Karl will den Job nicht mehr machen, und weil Alois in Pension geht, kann er seinen Posten am Schalter übernehmen.«

Meine Mutter verstand. Hennerbichler hatte natürlich dafür gesorgt, dass sein alter Bekannter Karl einen Platz in der warmen Stube bekam. Meine Mutter schickte er dagegen auf die mühsamen Touren.

Der Postdirektor setzte eine Unschuldsmiene auf. »Was schaust du jetzt so, Christl?«, fragte er. »Willst du den Posten doch nicht haben?«

»Natürlich will ich ihn«, antwortete meine Mutter. Sie ließ sich nichts anmerken. Zumindest nicht, bis sie daheim war und meinen Vater zur Rede stellte.

Der verstand wieder einmal überhaupt nicht, warum sie jetzt sauer auf ihn war. Schließlich hätte er ja extra mit dem Postdirektor gesprochen. Genau so, wie sie es von ihm verlangt hatte. »So habe ich mir das aber nicht vorgestellt, das weißt du genau«, sagte meine Mutter.

»Wir haben nicht so genau geredet«, sagte mein Vater.

Es war nicht das erste Mal, dass er »nicht so genau geredet« hatte und meine Mutter damit zur Weißglut brachte. Mein Vater hatte strahlend blaue Augen wie Terence Hill, und genau so blauäugig, immer an das Gute im Menschen glaubend, ging er oft auch durch sein Leben. »Immerhin bist du dann die erste Frau hier in der Gegend, die Briefträgerin wird«, sagte er. »Das hat es bei uns noch nie gegeben.«

Meine Mutter dachte nach. »Wenn ich es mir aussuchen kann, dann bin ich sowieso lieber Briefträgerin als am Schalter«, sagte sie. »Bloß wäre ich bisher nie auf die Idee gekommen, dass das geht.« Sie machte ein grimmiges Gesicht. »Wahrscheinlich denken alle, dass ich das als Frau sowieso nicht schaffe, aber ich werde es allen zeigen.«

Zwei Wochen später sprang meine Mutter zum ersten Mal ein. Ausgerechnet für meinen Vater, der für zwei Wochen im Spital war. Damit fiel ihr einziger Verbündeter in dem von Männern dominierten Postamt aus. Ihre Nerven lagen blank. Doch inzwischen hatte sie immer mehr Gefallen an der Idee, Briefträgerin zu werden, gefunden. Sie wollte den Job unbedingt haben. Auch weil sie sehr kommunikativ war und als Briefträgerin viel mehr Menschen treffen würde, als im Postamt. Das war ihr in den vergangenen zwei Wochen bewusst geworden.

Überpünktlich, zehn Minuten vor halb sechs Uhr, stand meine Mutter an jenem Montagmorgen im Postamt von Liebenau. Es war so klein, dass es wegen Überfüllung schließen hätte müssen, wenn einmal drei Kunden gleichzeitig gekommen wären. So einen »Massenansturm« gab es aber so gut wie nie. Die Bauern kamen selten persönlich. Sie schickten den Briefträger. Wenn sich der Enkel am Wochenende zu einen Besuch angemeldet hatte, gaben sie dem Briefträger ihr Sparbuch mit, um hundert Schilling abzuheben. In das Sparbuch legten sie einen Zettel, auf dem sie in Blockbuchstaben das Losungswort kritzelten. Für den Fall, dass es sich der Briefträger noch immer nicht gemerkt hatte. Hatten sie einen Erlagschein einzuzahlen, drückten sie diesen, samt der einzuzahlenden Summe, dem Briefträger in die Hand. Am nächsten Tag brachte er den abgestempelten Abrissschein zurück. Auch Briefmarken und Stempelmarken bestellten die Liebenauer zu jener Zeit ganz selbstverständlich beim Briefträger. Er war fast so etwas, wie eine fahrende Trafik.

Der Postdirektor war froh, wenn sich überhaupt jemand zu ihm ins Amt verirrte. Er saß den ganzen Tag am Schalter, auf seinem Sessel hinter einer Glasscheibe. Die Scheibe wirkte wie ein Vergrößerungsglas. Zumindest wirkte der Bedienstete dahinter größer und wichtiger. Beim Reden beugte er sich immer mit dem Oberkörper nach vorne, um durch den kleinen Kreis, mit den Löchern darin, sprechen zu können. Das wäre eigentlich nicht nötig gewesen. Die Glaswand endete zwanzig Zentimeter unter der Decke. Die Kunden hätten auch so jedes Wort verstanden. Weshalb ich als Kind die Wand für einen überdimensionierten Spuckschutz hielt.

Im Amt gab es zudem eine Telefonzelle mit einer richtigen Tür, die sich sogar verriegeln ließ. Wer aufmerksam genug war, konnte trotzdem alles verstehen. Belanglosigkeiten wie das Wetter waren es nie. Lange Gespräche gab es auch nicht. Die Menschen besprachen nur das Wichtigste und fassten sich kurz, weil das Telefon weit weg und telefonieren noch verhältnismäßig teuer war.

Damit war der öffentlich zugängliche Raum auch schon wieder zu Ende. Das Hinterzimmer, in dem die Briefträger ihre Post sortierten, durften nur Mitarbeiter betreten. In der Mitte des kleinen Raumes stand ein Tisch, auf dem die Briefträger jeden Morgen die Postsäcke ausleerten. An jeder Wand stand ein mannshoher Sortierschrank. Für jeden Postler einer.

Die Schränke hatten eine kleine Ablage und viele mit Schildern aus Karton beschriftete Fächer. Auf ihnen standen die Hausnummern in jener Reihenfolge, in denen die Häuser anzufahren waren. Allmorgendlich sortierten die Briefträger hier ihre Briefe, Flugzettel und Zeitungen gemäß ihrer »Gangordnung«.

Es gab noch einen weiteren kleinen, fensterlosen Raum für die Bediensteten. Die Toilette. Mit Wänden, wie jener der Spuckschutzwand des Postdirektors. Die waren zwar nicht aus Glas, sondern aus Gipskarton, aber sie endeten ebenfalls zwanzig Zentimeter unter der Decke. Entlüftung gab es keine.

Meine Mutter stand an jenem Morgen ganz allein in diesem Postamt und wartete. Um Schlag halb sechs Uhr morgens ging die Tür auf und die drei anderen Briefträger polterten herein. Sie freuten sich überhaupt nicht über ihre neue Kollegin. Eine Frau als Briefträgerin, das hatte es nun einmal in Liebenau noch nie gegeben. Aus ihrer Sicht hätte das auch die nächsten hundert Jahre so bleiben können. Briefträger war für sie ein Männerjob. Punkt. »Die Frau vom Fritzl« war in ihr Revier eingedrungen. Das dachte sich sogar Josef Wirrer, der beste Freund meines Vaters unter den Briefträgern. Frauen durften nur zum Putzen kommen.

Die Begrüßung fiel dementsprechend kühl aus. »Christl, bist du gestern nicht mit dem Putzen fertig geworden oder was ist los?«, fragte Wirrer und seine beiden Kollegen grinsten.

Meine Mutter ersparte sich jeden Kommentar und ging hinaus, wo gerade der gelbe Postbus gehalten hatte. Dieser Herrenrunde würde sie es noch zeigen.

Der Postbus brachte allmorgendlich die Post, die auszutragen war. Nicht nach Rayon oder gar Hausnummern sortiert, sondern bunt durcheinander in großen Säcken und Kisten.

Die Männer folgten meiner Mutter mit breitem Grinsen. »So, Christl, wenn du schon meinst, dass du jetzt ein Briefträger bist, dann hilf uns mal, die Kisten hinein zu tragen«, sagte Wirrer. Er öffnete die Tür zum Kofferraum vom Bus. »Ladies first!«

Es waren wahrscheinlich die einzigen englischen Wörter, die Josef Wirrer sinnvoll aneinander reihen konnte und er kam sich offenbar mächtig witzig dabei vor. Vor allem vor seinen Kollegen.

Vorne im Kofferraum stand eine Schachtel. Meine Mutter ließ sich weiterhin nichts anmerken. Sie hob das Schwergewicht mit einem Ruck heraus und schleppte es ins Amt. Als die Tür hinter ihr zufiel und sie außer Sichtweite der Männer war, stellte sie die Schachtel schnaufend am Boden ab. Sie hätte sie keinen Meter weiter tragen können. Stöhnend schob sie das Ding ins Hinterzimmer mit den Sortierschränken.

Sie öffnete den Karton mit einem scharfen Taschenmesser. Er war randvoll mit sechs Zentimeter dicken, gelben Telefonbüchern gefüllt. Telefonbücher. Das bedeutete für die Briefträger immer Strafverschärfung. Sie wusste das von meinem Vater. Es war kein Spaß, sie durch die Ortschaft zu tragen. Allerdings gaben viele Haushalte an solchen Tagen für die besondere Schlepperei auch ein besonderes Trinkgeld. Die Briefträger lebten zu einem guten Teil vom Trinkgeld, das sie für kleine Bankdienste, die Zustellung von Paketen, Katalogen oder eben Telefonbüchern bekamen. Denn ihr Grundgehalt war niedrig. Im Urlaub und Krankenstand fehlte das Trinkgeld dementsprechend in der Haushaltskasse.

Natürlich hatten die Männer gewusst, was in der Kiste war. Dass es die schwerste Kiste im Bus war, hatten sie auch gewusst. Die schwersten Dinge standen immer ganz vorne im Kofferraum, weil sie so am leichtesten herauszuheben waren. Ganz hinten lagen die leichten Sachen. Ein paar Tage später wusste das auch meine Mutter.

An diesem, ihrem ersten Tag, kamen die Männer wenig später mit den leichten Säcken voller Kuverts nach, lösten die Schnüre, mit denen sie zugeknüpft waren und schütteten den Inhalt auf den Sortiertisch in der Mitte des kleinen Raumes. Routiniert griffen sie in die Postberge und ordneten in ihre Sortierschränke Kuverts und Prospekte ein. Von meiner Mutter, die hilflos zwischen ihnen stand, nahmen sie keine Notiz. Sie konnte sich kaum Zugriff zum Sortiertisch verschaffen. Sie hatte noch nicht einmal die Prospekte aufgeteilt, die an alle Haushalte gingen, als ihre Kollegen schon fertig mit ihrer Post waren. Am Tisch lag nun nur noch, was die Männer übrig gelassen hatten. Die Post für den Rayon meines Vaters, den nun meine Mutter austragen musste. »Beeil dich ein bisschen, Christl«, sagte Wirrer. »Bis wir zurück sind, solltest du zumindest beim ersten Haus sein.« Er lachte.

Franz, sein Kollege, konnte sich ebenfalls eine hämische Bemerkung nicht verkneifen. »Vielleicht lässt du die Post besser liegen, bis dein Mann zurück ist.«

Zwei der drei verschwanden durch die Tür und meine Mutter hörte die startenden Motoren ihrer Mopeds. Nur Wirrer war geblieben. Er half ihr noch kurz mit ein paar Briefen. Dabei säuselte er freundlich. »Christelchen, so geht das.«

Er war gut im Säuseln. Er tat es besonders gern bei den alten Damen in seinem Rayon, die deshalb auf ihren Schuhkästchen immer Trinkgeld für ihn bereitlegten. Eigentlich hatte auch meine Mutter ihn immer nett gefunden. Aber vor seinen Kollegen wollte er ein lässiger Typ sein. In ihrer Gegenwart konnte er meiner Mutter unmöglich helfen. Dieser Männerverein würde sie schon bald als ernst zu nehmende Kollegin akzeptieren, schwor sich meine Mutter an ihrem ersten Arbeitstag.

Die Frage war nur, wie sie das anstellen sollte. Die Hausnummern, die mein Vater vor vielen Jahren auf die kleinen Kartonkärtchen gekritzelt hatte, waren zum Teil gar nicht mehr lesbar. Auch Wirrer war bald weg und sie damit alleine im Postamt. Sie sortierte und sortierte. Als sie endlich fertig war, ging die Tür zum Postamt erneut auf. Es war halb acht. Karl, der Ex-Springer und neu bestellte Schalterbeamte, kam herein stolziert. Er hatte sich für seinen ersten Tag im Innendienst richtig heraus geputzt. Zumindest hatte er es versucht. Er trug Lederstiefel, die so teuer gewesen waren, dass er sie sich mit seinem Bruder teilte. Allerdings war sein Bruder größer als er. Etwa zwei Schuhnummern. Deswegen stopfte Karl immer Taschentücher in die Stiefel, wenn er sie tragen durfte. Was nichts daran änderte, dass sie ihm bei den Waden viel zu weit waren. Sein Gang war dadurch einigermaßen peinlich. Zu seiner aufgebügelten Hose trug er ein blütenweißes Hemd. Zweifelsohne hatte er es noch tags zuvor zum Bleichen auf einen Granitstein in die pralle Sonne gelegt. Davon zeugte ein Vogelschiss auf der Höhe des rechten Schulterblattes. Den hatte er offenbar übersehen. »Christl, du bist aber spät dran«, sagte er, als er meine Mutter sah.

Das wusste sie selbst. »Vergiss nicht die Postmütze und die Postbrosche«, sagte er und reichte ihr die Utensilien. Einem Springer stand keine Uniform zu.

Die erste Tour meiner Mutter glich einer Hetzjagd. Mehrere eingeschriebene Schriftstücke kosteten sie weitere Zeit, weil ihre Empfänger längst auf dem Feld waren, als sie mit dem Postauto vorfuhr. Sie musste ihnen nachfahren. Dazu kamen die Telefonbücher. Ihre Kollegen hatten schon vor Jahren entschieden, nicht alle auf einmal auszutragen. Die Nummern hier in der Gegend würden sich nicht ändern, und wenn doch, kannte schon jeder die neuen. Meine Mutter hatten sie von dieser Regel nicht unterrichtet. Sie stellte alle Telefonbücher an einem Tag zu. Zudem erschien ihr die Gangordnung meines Vaters teils unlogisch und umständlich. Zu einem Hof war sie ihrer Meinung nach einen Umweg gefahren. Über die neue Forststraße wäre sie schneller gewesen, erzählte sie beim Abendessen meiner Großmutter, ihrer Schwiegermutter, nachdem sie erschöpft heimgekommen war. »Lass gut sein, Christl«, sagte die. »Du hast schon genug zu tun. Das Putzen im Postamt, die Kinder, der Haushalt, dann bist du ja auch noch ehrenamtliche Sanitäterin beim Roten Kreuz.«

Da blitzten die müden Augen meiner Mutter auf. Die Rettungsfahrten! In der örtlichen Zentrale des

Roten Kreuz hing ein Plan mit allen Hausnummern. Die Rettungsfahrer sahen auf diesen immer aktuellen Plänen nach, wie sie am schnellsten zu ihren Patienten kamen. Wenn die Herrschaft, wie die adeligen Waldbesitzer bei uns hießen, eine Straße für die Öffentlichkeit frei gaben, wenn eine neue Straße entstand oder selbst wenn die Gemeinde eine Schotterstraße asphaltieren ließ, passte das Rote Kreuz den Plan an. Schließlich ging es nicht nur um Geschwindigkeit, sondern auch um möglichst gute Straßneverhältnisse, um die Patienten beim Transport nicht durchzurütteln.

Sie holte sich den Plan am gleichen Abend und verbrachte die halbe Nacht damit am Küchentisch. Sie fertigte ihre eigene neue Gangordnung an. Sie unterschied sich in einigen Punkten von der meines Vaters.

Das hieß, dass sie die Post am nächsten Morgen in einer neuen Reihenfolge einsortieren musste. An die Kartonschilder auf dem Sortierkasten meines Vaters wagte sie sich aber nicht heran. Sie zu überschreiben, kam nicht in Frage. Er wäre ausgerastet. Sie musste sich etwas anderes überlegen.

Meine Mutter war wieder überpünktlich im Postamt. Mit einer Rolle Leukoplast vom Roten Kreuz und ihrem Ehrgeiz, sich vor ihren Kollegen zu beweisen. Sie klebte das Leukoplast unter die Kartonkarten und notierte darauf die Hausnummern in ihrer neuen Reihenfolge. Sie war müde, aber gut gelaunt, als ihre Kollegen eintrafen und der Postbus vorfuhr. »Geht schon mal die großen Kisten holen. Ich nehme dann die Säcke mit den Briefen«, sagte sie.

Die Männer waren so überrumpelt, dass sie ihr widerstandslos folgten. Insgeheim waren sie wahrscheinlich beeindruckt, das ihnen meine Mutter schon am zweiten Tag Paroli bot. Wirrer nickte ihr heimlich anerkennend zu.

Als er mit der ersten Kiste in die Sortierkammer kam, verflog sein Großmut wieder. »Christl, spinnst du?«, sagte er, als er die Leukoplaststückchen mit den Nummern drauf sah. »Was ist denn das?«

Sie antwortete ihm selbstbewusst. »Das ist meine neue Route.«

Wirrer schüttelte den Kopf. »Der Fritzl geht seit Jahren so«, sagte er.

»Mag sein. Ich nicht«, sagte meine Mutter.

Damit war Ruhe in der Poststube. Vorerst zumindest. Wirrer sortierte schweigend die Kuverts. Erst langsam fand er wieder Worte. »Christl, wir brauchen hier keine Ehrgeizler«, sagte er. »Ehrgeizler spielen nur den Durchrechnern aus Linz in die Hände. Verstehst du? Leb deine Energie beim Roten Kreuz aus. Dort kannst auch Pflaster picken so viel du willst.«

Die Durchrechner aus Linz stoppten in regelmäßigen Abständen auch die zum Austragen der Post nötige Zeit. Als Folge davon gab es nur noch vier Rayone und damit auch nur vier Briefträger, während es ein paar Jahre zuvor noch sieben gewesen waren.

»Mach dir keine Sorgen und sieh zu, dass du rauskommst«, sagte meine Mutter.

An ihrem zweiten Arbeitstag hatte sie sich ihren Platz bereits erobert. Denn es funktionierte. Missmutig trottete Wirrer zu seinem Moped.

Meine Mutter war am zweiten Tag schon viel schneller als am ersten. So flott wie mein Vater war sie aber trotz der neuen Tour noch immer nicht. Einige der Bauern nahmen sie deshalb auf die Schaufel. »Christl, hast verschlafen?«, fragten sie.

Sie lachte meist gelassen. In ihrem Inneren brodelte es aber. Sie war ehrgeizig, und sie wollte diesen Job machen. Nicht irgendwie, sondern richtig gut.

Am Abend saß sie mit meiner Großmutter auf unserer Gartenbank und sah noch einmal ihre Gangordnung am Rot-Kreuz-Plan durch. Meine Großmutter hatte zwei Weltkriege miterlebt. Ihr erster Mann und eines ihrer Kinder waren gefallen. Ihre Generation hatte keine leichten Zeiten gehabt. In ihrem Gesicht hatten die Schicksalsschläge aber keine Spuren hinterlassen. Sie lachte viel und freute sich über die kleinen Dinge des Lebens. Über eine Tasse Kaffee zum Beispiel. Als sie jetzt mit meiner Mutter auf der Bank saß, rührte sie zufrieden ihre vier gehäuften Teelöffel Zucker in den Kaffee. »Wenn du einen Laib Brot essen willst, musst du ihn zuerst aufschneiden«, sagte sie. »Die Dinge brauchen ihre Zeit. Alles auf einmal und gleich perfekt, das gibt es nicht auf dieser Welt.«

Meine Mutter wusste, dass die alte Frau Recht hatte, sie wusste aber auch, was sie wollte. Sie wollte eine gute Briefträgerin werden. Wenn es nicht anders ging, dann eben scheibchenweise. Sie wollte zu den Leuten fahren, wissen wie es ihnen geht und an ihrem Leben teilhaben. Als Mitarbeiterin des Roten Kreuzes war meine Mutter überall beliebt. Nun wollte sie auch als Briefträgerin akzeptiert und willkommen sein. Dafür war sie bereit, zu kämpfen.

Ich verstand nicht, warum sie sich das antat. Denn ich bekam mit, dass ihre Kollegen sie schnitten und schikanierten, wo es nur ging. Zudem mochten es ein paar von den alten Männern in Liebenau gar nicht, dass ihnen jetzt eine Frau die Post brachte. Sie wollten einen männlichen Zusteller, schon allein, um mit ihm ein Bier oder einen Schnaps zu trinken. »Der locherte Postler«, schimpften sie meine Mutter hinter ihrem Rücken. Ich hatte es von Schulfreunden gehört. »Die Post ist schrecklich«, sagte ich zu ihr, als sie wieder einmal völlig erledigt heimkam. »Geh doch einfach nicht mehr hin.«

Meine Mutter sah das anders. »Die Post ist weit weg, Oskar«, sagte sie. »Sie kann nichts dafür. Es sind nur ein paar einzelne Menschen, die mir das Leben schwer machen. Solche Menschen gibt es immer und überall. Man weiß nicht, was sie so verbittert hat. Aber ganz sicher lässt man sich von ihnen nicht unterkriegen.«

Ich hoffte nur, dass sie sich nicht übernahm.

»Du wirst schon sehen«, sagte sie. »Wenn einer mit all seiner Kraft das tut, was für ihn richtig ist, folgen ihm die anderen irgendwann.«

Ihre Kollegen schätzten sie tatsächlich nach drei oder vier Tagen für ihren Einsatz und ihren Mut. Doch die alten Männer zogen sie weiter auf, weil sie die Post nicht so pünktlich zustellte wie mein Vater. Das ließ sie nicht auf sich sitzen.

Am Freitag, dem letzten Tag ihrer ersten Arbeitswoche als Briefträgerin, kam sie mit einer Kiste voller Werbeprospekte heim. Sie hatte beschlossen, die Prospekte schon am Wochenende einzusortieren, um während der Woche mehr Zeit für die Zustellung zu haben.

Werbematerial einsortieren war nicht so einfach, wie es auf den ersten Blick aussah. In manchen Häusern gab es zwei Haushalte, die Jungen und die Alten. Beide wollten Prospekte bekommen. Vor allem die vom Supermarkt, vom Fleischhauer und vom Baumarkt. Grund dafür waren die Gutscheine, die es damals in so gut wie jedem Prospekt gab. Hatte ein Haus mit zwei Haushalten die Prospekte nur ein Mal statt zwei Mal bekommen, fühlten sich seine Bewohner betrogen und ließen es den Briefträger spüren. Oft machten die Liebenauer deswegen ihrem Ärger sogar beim Postdirektor Luft. Dagegen war es den Leuten relativ egal, ob der Briefträger die Prospekte am Montag, Dienstag oder Mittwoch brachte. Einkaufen gingen sie ohnehin erst am Freitag.

Dieses Mal hatte meine Mutter Prospekte von der Bank und vom örtlichen Spar-Markt, sowie einem Infoblatt des Lagerhauses dabei. Mein Vater hätte mehr als eine Stunde gebraucht, um die einzelnen Stöße zu kleinen Paketen für jeden Haushalt zusammenzustellen. Meine Mutter schaffte das in 15 Minuten. Sie verkaufte uns Kindern das Sortieren als lustiges Spiel unter dem Motto »Wer stellt am meisten Pakete zusammen?«. Ich gewann und war mächtig stolz darauf. Solche Wettkämpfe trugen wir fortan fast jedes Wochenende aus.

Postkunde Eduard Maier, ein Techniker mit dem Titel Diplomingenieur, war in Sachen Prospekte besonders pingelig. Für ihn war der Tag schon gelaufen, wenn er welche mit Eselsohren zugestellt bekam. Eselsohren passten einfach nicht zu seinem Leben. Er war ein Perfektionist und hatte seine Prinzipien.

Mein Vater kümmerte sich wenig um solche Befindlichkeiten. War die Post zerknittert, hatte der Herr Diplomingenieur eben Pech gehabt. Mein Vater fand, dass er sich nicht um jedes Eselsohr kümmern konnte. Doch meine Mutter war da anders. Sie steckte die Post für Maier zwischen zwei Kartonkarten. Kostet mich ja nichts, und er freut sich, fand sie.

Maier war ihr für die kleine Aufmerksamkeit so dankbar, dass er ihr nicht nur ein großzügiges Trinkgeld gab. Er rief sogar beim Postdirektor an, um sich für die »guten Dienste der Frau Christine« zu bedanken. »Frau Christine«, so nannte meine Mutter sonst niemand. In ganz Liebenau war sie die Christl und mit den Jahren wurde sie zur »Christl von der Post«. Auch meinen Vater nannte Maier »Friedrich«, statt wie alle anderen Fritzl. Er brachte es einfach nicht über die Lippen. Vielleicht nannten ihn deswegen auch alle im Dorf ganz selbstverständlich »Herr Diplomingenieur Maier«. In dem Punkt waren die Leute so korrekt, wie der Herr Diplomingenieur selbst.

Jedenfalls musste Postdirektor Hennerbichler einen Moment überlegen, wen Maier meinte, als er von

»Frau Christine« sprach. Danach stieg das Ansehen meiner Mutter im Postamt rasant. Ein Lob vom pingeligen Herrn Diplomingenieur war eine Auszeichnung der Extraklasse.

Als mein Vater nach seinem Krankenhausaufenthalt wieder einsatzfähig war, hatte sich meine Mutter in ihrem neuen Job schon eingelebt. Schon an ihrem zweiten Montag hatte sie als erste das Postamt verlassen. »Beeilt euch ein bisschen. Bis ich putzen komme, solltet ihr draußen sein«, rief sie den verdutzten Männern beim Gehen zu.

Auch im Dorf war aufgefallen, dass sie schon in der zweiten Woche schnell war. Das nahm ihren Kritikern die Argumente. Für gewöhnlich schimpften sie immer wochenlang über die lahmen Vertretungen.

Mein Vater musste sich erst an die neue Rolle seiner Frau gewöhnen. Als er nach seinem ersten Arbeitstag nach Hause kam, war er noch außer sich. »Spinnst du, dass du mir meinen ganzen Kasten mit Leukoplast verklebst? Wenn die Durchrechner aus Linz kommen, denken sie, wir haben einen Huscher«, sagte er.

»Tut mir leid«, sagte sie. »Ich habe auch noch einen Haushalt und drei Kinder zu versorgen. Zeit zum Spazierenfahren habe ich keine.«

Mein Vater war zu stolz, um ihre neue Gangordnung auch nur anzusehen. Er ging seinen eigenen

Weg. So wie immer. Doch es dauerte nicht lange, bis meine Mutter von der Springerin zur fixen Briefträgerin aufstieg. Damit bekam sie auch ihre eigene Uniform. Diese zu tragen, war einigermaßen peinlich. Zumindest in Liebenau. Sie bestand aus einem Rock, einem Sakko und einer Kopfbedeckung, die keine Mütze war, wie bei den Herren, sondern ein Teil, das sich Schiffchen nannte. Vorne und hinten lief das Schiffchen in spitzen Enden zusammen. Es passte ihr überhaupt nicht. Meine Mutter hatte dicke, schwarze Haare. Das Schiffchen rutsche ihr dauernd vom Kopf. Außerdem war es an sich schon völlig fehl am Platz in dieser rauen, entlegenen Gegend. So etwas hatte kein Liebenauer zuvor gesehen, außer vielleicht im Fernsehen.

Als meine Mutter zum ersten Mal mit ihrer neuen Uniform unterwegs war, sorgte sie deshalb für Unterhaltung. Einer der Bauern lehnte sich lachend auf seine Mistgabel, als er sie sah. »Christl, ist schon wieder Fasching? Als was gehst du denn? Stewardess?«

Meine Mutter lachte mit. Er hatte Recht. So eine Kopfbedeckung hatten wirklich nur Stewardessen. Immerhin hatte sie den Bauern zum Lachen gebracht, und das noch bevor er mit der Stallarbeit fertig war. Das war ihr Zugang zum Thema.

Sie gehörte jetzt zur eingeschweißten Briefträger-Truppe von Liebenau und auch mein Vater war nun stolz auf seine Frau und neue Kollegin. Zum Teil hatte ihre neue Rolle skurrile Folgen. Zum Beispiel, dass die Zusteller seit neuestem, zumindest im Amt, im Sitzen pinkelten. Weil meine Mutter immer noch abends das Postamt putzte. Verschwand einer der Herren in der Toilette, rief sie ihm stets »setzen!« hinterher. Erwischte sie jemanden, der sich nicht setzte, schimpfte sie ihn vor versammelter Mannschaft. Das zeigte Wirkung.

Vor allem bei Postdirektor Hennerbichler sammelte sie damit neue Punkte. Denn der hatte ein ähnliches Problem mit den Herren, das er nie gelöst hatte. Die Briefträger machten sich seit Jahren einen Spaß daraus, morgens, bevor sie auf Tour gingen und der Postdirektor ins Amt kam, auf der Toilette zu verschwinden. »Auf eine längere Sitzung«, wie sie jedes Mal breit grinsend verkündeten.

Die Nachwehen dieser längeren Sitzungen hingen aufgrund der Entlüftungssituation dann stundenlang im Postamt. Für den Postdirektor war das nicht nur äußerst unangenehm, sondern auch hochgradig peinlich. Verirrte sich doch einmal eine Kundschaft in die Post, war er der einzige im Amt und damit auch der einzige Verdächtige. Das ärgerte ihn maßlos.

In seiner Verzweiflung hatte er sogar schon Deals mit den Briefträgern zu vereinbaren versucht. Er hatte sie gebeten, ihre langen Sitzungen daheim abzuhalten und ihnen angeboten, dass sie als Dankeschön das im Amt gesparte Klopapier mit nach Hause nehmen dürften. Zum Monatsersten würde er als Draufgabe zum Gehalt je eine Rolle Klopapier verteilen. Alles erfolglos. Umso mehr bewunderte er meine Mutter für ihre natürliche Autorität.

Im Lauf der Jahre arbeitete sich meine Mutter in der Post-Hierarchie weiter nach oben. Mit dem Einzug der Computer stieg sie zur inoffiziellen Chefin des Postamtes auf, weil sie die einzige war, die sich für die neue Technologie interessierte. Sie nahm die Bedienungsanleitung sogar mit nach Hause und saß am Abend damit auf der Küchenbank.

Die Abrechnungen von Zahlscheinen, ein- und ausgezahlten Rechnungen, Bauernrente oder Nachnahme-Sendungen einzutippen, war keine Hexerei, fand sie. Doch die Männer sträubten sich dagegen. »So weit kommt es noch, dass ich das auch noch mache«, sagte mein Vater. Weshalb meine Mutter bald für alle Briefträger die Abrechnungen eintippte. Wenn die Durchrechner aus Linz kamen, war sie auch gefragt. Sie erklärte ihnen, was ein Briefträger leistete und wie lange er dafür brauchte. Sie argumentierte, während die anderen Briefträger wie Schulbuben in der zweiten Reihe standen und stumm nickten.

»Wenn ich damals aufgegeben hätte, wäre ich jetzt vielleicht eine verbitterte alte Frau«, sagte sie, als ich sie einmal an die schwierigen Anfänge erinnerte. Das war etwa zu dem Zeitpunkt, als das Computerzeitalter über Liebenau hereinbrach und ihre Karriere ihren Höhepunkt erreichte. »Die Christl von der Post« war dank ihrer fröhlichen, unverstellten Art und ihres Engagements zur Marke geworden, die für Servicequalität und Herzlichkeit stand.

Damals konnte ich gar nicht mehr glauben, dass ich selbst ihr einmal von ihrem Traumjob als Briefträgerin abgeraten hatte. Ich hatte ihr inzwischen so lange zugesehen, dass es mir vorkam, als hätte ich es schon immer gewusst: Wenn sich jemand seiner Sache sicher ist, dann folgen ihm die anderen irgendwann.

Weihnachten war schrecklich. Zumindest aus der Sicht der Briefträger, die in den letzten Wochen im Jahr in einer Flut von Karten, Briefen und Paketen untergingen. Das Sortieren der Post dauerte in der Adventszeit fast doppelt so lange wie in den Sommermonaten. Die Posttasche auf dem Rücken meines Vaters platzte vor den Feiertagen aus allen Nähten.

Beim Packen des Rucksacks war mein Vater penibel. Für diese Arbeit brauchte er um einiges länger als seine Kollegen. Mich machte das immer nervös. Ich empfand es als nicht mehr auszugleichenden Startnachteil, dass wir noch immer Post in den Rucksack schlichteten, während die anderen längst losfuhren. Seinen klugen Sprüchen, wie »eine gute Vorbereitung ist die halbe Miete«, konnte ich nichts abgewinnen.

Mein Vater hatte zwei Posttaschen. Eine ganz große, die er auf seinen Rücken schnallte, und eine kleine schwarze Ledertasche, die er vorne am Bauch trug. Beide füllte er Tag für Tag nach demselben Prinzip.

In der kleinen Tasche trug er die wichtigen, teils persönlichen Dinge. Die Amtsstempel samt Stempelkissen, Brief- und Stempelmarken, eingeschriebene Briefe sowie Pensionsgelder und das Milchgeld der Molkerei für die Bauern. Zudem steckte er in die kleine Tasche sein blaues Notizheftchen für seine Sonderaufträge. Im Prinzip führte er dort eine Bestellliste der Liebenauer seines Rayons fürs Lagerhaus, die Apotheke, den Gemischtwarenladen und das Postamt selbst. Kaum ein Tag verging, an dem er nicht zumindest zwei oder drei Sonderaufträge ins Heft schrieb, betreffend Ersatzteile für diverse Geräte, eine Packung Nägel oder Schrauben, eine Rheumasalbe oder auch nur ein Kilo Zucker.

Noch etwas Wichtiges war in der kleinen Tasche. Etwas für ihn ganz persönlich. Sein Jausenbrot. Es war immer in mehrere Schichten Zeitungspapier eingewickelt. Wenn er es auspackte und es kam kein Wurstbrot, sondern zum Beispiel ein Käse- oder ein Aufstrichbrot zum Vorschein, dann war meinem Vater die Enttäuschung ins Gesicht geschrieben. Seine Stirn legte sich in Falten und seine Mundwinkel zeigten nach unten. Er grummelte dann Dinge wie »Naja, das wird uns jetzt aber nicht so schmecken«.

Wer ihn besser kannte, wusste, was als nächstes passieren würde. Seine Augen suchten die Gegend nach einem Abnehmer für das ungeeignete Jausenbrot ab. Da damals fast bei jedem Haus ein Hund wachte, fand er meistens einen. Sein Problem war viel mehr, dass er das Brot in einem unbeobachteten Moment verfüttern musste. Wenn eines der Kinder ihn dabei beobachtet hätte, wäre die Gefahr groß gewesen, dass meine Mutter davon erfahren hätte.

In der großen Tasche transportierte mein Vater die ganz normale Post. Prospekte, adressierte Briefe und kleinere Pakete. Alles streng nach seiner Gangordnung sortiert. Die Post für das Haus, das er als erstes anfuhr, lag zuoberst, jene für das letzte Haus zuunterst. Mit Kartonblättern unterteilte er die Schichten für die einzelnen Bereiche seines Rayons.

Nur ganz selten durchbrach er diese Ordnung. Dann etwa, wenn in einem Kuvert etwas offensichtlich schützenswertes steckte. Das konnte zum Beispiel ein Schokoladeriegel sein, den eine Großmutter für ihr Enkelkind am Postamt abgegeben hatte. Das kam damals gar nicht so selten vor. Mein Vater erkannte den Inhalt sofort und legte das Kuvert dann ganz oben in seine Tasche, um nicht Schokoladenbrei überbringen zu müssen. Für ihn war das eine umständliche Prozedur, weil er das Kuvert mit der Schokolade dann bei jedem Haus zuerst aus der Tasche räumen musste, um an die Post für das jeweilige Haus zu gelangen.

Manchmal schwindelte er. War viel los, ließ er schon einmal ein Haus aus, für das er nur ein paar Prospekte dabei hatte. Vor Feiertagen empfahl sich das besonders, weil er dann nicht nur mehr Post dabei hatte, sondern seine Tour zudem länger war. Das kam von den Städtern, die in Liebenau ein Ferienhaus besaßen und zu diesen Zeiten gerne da waren. Sehr zum Ärger der Briefträger ließen sie sich auch noch gerne ihre Zeitungen nachschicken.

Es war einer der vielen verschneiten Dezembertage, als mein voll bepackter Vater mit mir am Beifahrersitz über die eisigen Straßen fuhr. Eine hochschwangere Frau plagte sich gerade mit dem Brennholz ab, als wir mit der Puch in den Hof schlitterten. Mein Vater half ihr, ein paar Holzscheite ins Haus zu tragen. »Bring du in der Zwischenzeit die Briefe zum Nachbarhof«, wies er mich an.

Ich konnte das Moped zu jener Zeit schon sehr gut lenken. Dennoch empfand ich es noch immer als Ritterschlag, wenn ich alleine ein paar Briefe zustellen durfte. Ich schnallte mir die große Posttasche auf den Rücken und fuhr zügig zum nächsten Haus.

Es war kein Spaß. Die Tasche war schwer, besonders wegen eines kleinen, aber schweren Paketes mit Schrauben vom Lagerhaus, das ganz unten lag. Die Riemen des Rucksacks drückten sich dermaßen in meine Schultern, dass ich mich immer mehr verkrampfte. Endlich beim Haus angekommen, ließ ich mein schweres Gepäck am Sitz des Mopeds liegen, während ich mit der Post ins Haus lief. So konnten sich meine Schultern von den Strapazen erholen.

Als ich kurz darauf wieder aus der warmen Stube lief, stockte mir beim Anblick des Mopeds der Atem. Ich hatte es im Hof abgestellt, durch den der Hausherr mit seinem Traktor zuvor eine matschige Spur gezogen hatte. Der aufgewühlte Boden hatte unter dem Ständer des Mopeds nachgegeben und die Puch war umgefallen. Sie lag auf der großen Posttasche meines Vaters. Das hatte mir gerade noch gefehlt.

Meine Versuche, den Matsch von der Tasche zu wischen, waren zwecklos. Bald war nicht nur meine Tasche, sondern auch mein Anorak dreckig. Das war auch noch nicht mein größtes Problem. Mein größtes Problem hieß Manuel.

Für Manuel war das Kuvert mit dem Schokoriegel bestimmt, das mein Vater wie ein rohes Ei behandelt hatte. Den ganzen Vormittag über war es ganz oben in der Tasche gelegen, um ja nicht zerdrückt zu werden. So wie es jetzt aussah, war dieser Eiertanz umsonst gewesen.

Hektisch riss ich die Tasche auf, in der Hoffnung, wie durch ein Wunder ein unversehrtes Päckchen vorzufinden. Das war nicht der Fall. Ich konnte das Päckchen gar nicht sehen. Es war unter die andere Post gerutscht.

Jetzt wurde ich noch nervöser. Ich packte die Tasche, rannte mit ihr zu dem Tisch vor dem Haus, der witterungsgeschützt unter dem Dachvorsprung stand. Dort schüttete ich ihren Inhalt möglichst vorsichtig, um die Ordnung meines Vaters nicht all zu sehr durcheinander zu bringen, aus. Ganz unten kam das zerdrückte Päckchen zum Vorschein, wie immer es dorthin gelangt sein mochte. Der Schokoladenriegel war nicht mehr zu retten.

Ich war auch nicht mehr zu retten. Mir wurde heiß, obwohl es bitter kalt war, als ich erkannte, dass ich ein noch größeres Problem als Manuel hatte. Den Diplomingenieur Maier.

Für Herrn Maier hatten wir einen Brief von einer Firma dabei. Ausgerechnet dieser Brief war vom Matsch am Weg schmutzig geworden. Die Adresse hinter dem Fensterkuvert war kaum noch lesbar. Als ich das Kuvert glattstreichen wollte, übersah ich, dass ich Öl von der Kette des Mopeds an den Fingern hatte.

Ich wusste, dass Maier schon wegen eines Eselsohres in einem Prospekt Beschwerde führte. Ich versuchte zu retten, was noch zu retten war, indem ich die Ordnung des Rucksacks noch einmal änderte und das schwere Paket mit den Schrauben weiter oben auf das Kuvert legte. In meiner kindlichen Naivität hoffte ich, dass es den Briefumschlag irgendwie wieder glatt machen würde. Trocken würde ich ihn ohnedies nicht mehr bekommen.

Da kam die junge Hausfrau heraus. »Oskar, was ist passiert? Kann ich dir helfen?«

Ich wühlte den ursprünglich so sorgsam geschlichteten Inhalt der Tasche neuerlich durch und zeigte ihr den zerknitterten Brief. Sie verstand das Problem sofort. »Ausgerechnet der Brief für den Herrn Diplomingenieur.«

Ich war ihr dankbar, als ich eine Viertelstunde später mit dem zerknitterten und ölverschmierten, aber zumindest wieder trockenen Brief von der Bezirkshauptmannschaft los fuhr. Sie hatte ihn für mich kurz auf den Ofen gelegt.

Mein Vater wartete schon ungeduldig. Er rieb sich vor Kälte die Hände. »Wo warst du so lange, und wie siehst du aus?«

Er verzog das Gesicht, als ich ihm alles erzählte und ihm den Brief zeigte. »Um Gottes Willen«, sagte er. »Der sieht ja aus wie ein Wurstknödel.« Um den Brief an die Oberfläche zu befördern, hatte ich den Inhalt der Tasche abermals gründlich durchgewühlt. Er lag ja noch immer unter den Schrauben.

Meinen Vorschlag, das Haus von Herrn Maier an jenem Tag auszulassen und zuhause das Kuvert zu bügeln und mit einer scharfen Klinge die größten Schlieren des Kettenöls zu beseitigen, lehnte mein Vater ab. Er war zwar immer für verwegene Lösungen offen, doch in der Bauchtasche lag auch ein eingeschriebener Brief, ein so genannter Einschreiber, für Herrn Maier. Einschreiber stellte mein Vater stets unverzüglich zu. »Den Mutigen gehört die Welt«, sagte er.

Unser beider Stoßgebet, dass der feine Herr nicht zu Hause, sondern zum Beispiel in der kleinen Bäckerei im Ort war, blieb unerhört. Maier war da. Das sahen wir, als wir in die etwa hundert Meter lange Einfahrt einbogen und das Garagentor verschlossen vorfanden. Ein weiteres Zeichen für seine Anwesenheit war das Licht der Stehlampe mit dem weißen Stoffschirm. Es leuchtete hinter dem Küchenfenster.

Der Techniker Maier arbeitete immer am Küchentisch. Darauf hatte er stets seine Unterlagen ausgebreitet. Das Lineal, Blätter mit Zeichnungen und die Füllfeder mit dem eingravierten goldenen Siegel, alles lag dort säuberlich nebeneinander. In seiner Küche wagte ich es nie, irgendwo anzukommen, aus Angst, Unordnung in seine exakte Welt zu bringen.

Offensichtlich hatte Maier schon auf den Einschreiber gewartet. Wir hatten den Motor des Mopeds noch kaum abgestellt, da stand er schon in der Haustür und bat uns herein. »Grüß dich, Friedrich. Welche Geschäfte haben wir heute zu erledigen?«

Er war ganz anders als die anderen Liebenauer. Wegen der Vornamen, weil er in schönem Hochdeutsch

Sätze bildete, die sich für die Einheimischen fast wie Fremdsprache anhörten, und weil er wohl als einziger im Ort keine weißen Töffler oder Gummistiefel trug, sondern handgemachte Lederschuhe.

Wie zwei reumütige Schuljungen saßen mein Vater und ich ihm an seinem Küchentisch gegenüber, der mir an jenem Tag noch wuchtiger als sonst vorkam. Mein Vater überreichte ihm zuerst den Einschreiber und ließ den feinen Herrn dessen Erhalt bestätigen.

Dann holte er das zerknitterte Kuvert aus dem dreckigen Rucksack, den er auf dem Boden, und nicht wie sonst auf der gepolsterten Küchenbank, abgestellt hatte. Er streckt es mit zusammengekniffenen Augen Herrn Maier entgegen.

Der legte die Stirn in Falten. »Friedrich, was ist denn das?«

Mein Vater versuchte zu erklären, aber Maier schien nicht zu verstehen. Ich entschuldigte mich für das Missgeschick. Maier nickte mir zu, nur um gleich darauf wieder fassungslos den Kopf zu schütteln.

Mein Vater und ich standen auf und verabschiedeten uns eilig. »Einen schönen Tag wünsche ich Ihnen noch, Herr Maier«, sagte mein Vater.

»Ich weiß nicht, wie das mit diesem Brief gehen soll«, antwortete der.

Wenn er sich beschweren sollte, wäre es meinem Vater egal, das wusste ich. Jeder bei der Post wusste, dass so etwas passieren konnte, und dass Herr Maier das nicht kapierte, war eher sein Problem als unseres. Doch wir hatten auch eins, und zwar ein ziemlich großes. Bei den nächsten Häusern ging alles schief. Im Rucksack war durch das matschige Intermezzo alles durcheinander gekommen. In den Prospekten für die Familie Maier, fand sich ein Kuvert für die Familie Huber. Ein Brief an die Stadlers tauchte erst fünf Häuser später bei denen für die Müllers auf. Es war ein heilloses Durcheinander.

Mein Vater war zunehmend genervt. »Oskar, der Rucksack muss ordentlich gepackt sein«, knurrte er nach einer Weile. »Sonst wird das nichts. Merk dir das, egal, ob du mal Briefträger oder irgendetwas anderes wirst.«

Wir bogen zum Binderwirt ab, um in dessen Hinterzimmer alles neu zu ordnen. »Weiterwursteln wie bei den letzten Häusern hat keinen Sinn«, sagte mein Vater. »Dieser Zwischenstopp wird uns weniger Zeit kosten, als er uns bringt.«

Ich nickte.

Die Wirtin brachte meinem Vater Kaffee und mir heißen Kakao, als mein Vater gerade den Inhalt des großen Rucksacks auf den Tisch schüttete. Als der

Rucksack leer war, schüttelte er ihn noch richtig aus. Zum Vorschein kam, nebst all den Zeitungen, Kuverts und Prospekten auch das Taschenmesser mit dem Holzgriff, das mein Vater schon seit Wochen suchte. Das stimmte ihn versöhnlich. »Von Zeit zu Zeit sollte man den Rucksack ohnehin richtig ausschütteln«, sagte er. »Dass ich das Messer noch finde, hätte ich nicht gedacht.«

Neben der Post, einem kleinen Verbandpäckchen und dem Taschenmesser hatte er auch jede Menge Steine und Brösel sowie ein gebrauchtes Taschentuch aus dem Rucksack geschüttelt. Das alles lag jetzt auf und unter dem Tisch. Die Wirtin sah grimmig drein. Wenige später drückte sie mir wortlos einen Besen und eine Schaufel in die Hand. Mein Vater grinste. »Scheint sie nicht zu freuen, dass wir ausgerechnet hier Ballast abwerfen.«

Seelenruhig sortierte er die Post neu nach seiner Gangordnung. Seine schlechte Laune verflog dabei gänzlich. »Jetzt machen wir weiter«, sagte er, als er fertig war. »Los!«

Den Rest der Tour absolvierten wir in Rekordzeit.

Ich wurde nicht Briefträger, aber wie es mir mein Vater damals beigebracht hatte, überprüfe ich, wenn ich mich mal beim Herumwursteln ertappe, ob mein Rucksack richtig gepackt ist. Egal, wie hektisch alles gerade ist und wie groß der Druck ist, ich nehme mir dann die Zeit, suche mir ein Hinterzimmer und schütte den Inhalt meines Rucksackes auf den Tisch. Dabei kommen alle möglichen Dinge zum Vorschein. Ein Streit mit meiner Frau, der noch nicht beigelegt ist, zum Beispiel. Oder eine Verpflichtung, die ich schon lange vor mir herschiebe. Manchmal auch Dinge, die eigentlich schön waren, und die ich die ganze Zeit übersehen oder nicht gewürdigt habe.

Ich ordne dann so rasch wie möglich, aber doch in aller Ruhe, alles wieder so, wie es richtig ist und wie ich es haben will. Wenn ich danach weiter mache, hat mir die Zeit, die ich dafür gebraucht habe, noch nie gefehlt. Im Gegenteil.

4. Es geht nicht um die Briefe, sondern um die Menschen

Hans von der Schanz war ein liebenswerter Exot in Liebenau. Er kam aus Deutschland. Das mag für mitteleuropäische Verhältnisse nicht sehr exotisch klingen, doch für uns war es eine kleine Sensation, dass sich ein Deutscher nach Liebenau verirrt hatte. Hans von der Schanz nannten wir ihn, weil er mit seiner Frau Helga und seiner Tochter Petra immer in der zur Gemeinde Liebenau gehörenden Ortschaft Schanz wohnte. Petra hatte lange, blonde, gewellten Haare und ich fand sie viel interessanter als die Mädchen aus dem Ort. Entsprechend nervös war ich, wenn wir uns zufällig über den Weg liefen. Ich wusste nie, was ich mit ihr reden sollte. Fiel mir dann doch etwas ein, musste ich es immer erst aus meinem für sie schwer verständlichen oberösterreichischen Dialekt ins Hochdeutsche übersetzen. Unsere Gespräche verliefen lange Zeit ziemlich schleppend.

Wenn Hans und seine Familie in Liebenau waren, war entweder Weihnachten, Ostern oder Sommer. Mit deutscher Verlässlichkeit kamen sie immer pünktlich zum Ferienbeginn an. Hans verbrachte mit seiner Familie alle Urlaube in Liebenau, und Liebenau hatte somit immer einen internationalen Gast in seiner

Tourismusstatistik vorzuweisen.Im Gasthaus war »da Deitsche« gern gesehen. In der eher ereignislosen Gegend war er oft der Einzige am Stammtisch, der Geschichten erzählen konnte, die noch niemand kannte. Selbst auf die Jagd nahmen die Einheimischen ihn gern mit. Er schoss nie etwas. Das war aber auch nicht so wichtig. Die meisten Männer der Jagdgesellschaft waren ohnehin eher Schürzen- als Großwildjäger, und der Höhepunkt der Jagd war das anschließende Besäufnis. Dort feierten die Liebenauer Jäger jeden erlegten Feldhasen wie einen Sechzehn-Ender. Hans war immer bis zur Sperrstunde und darüber hinaus dabei, auch wenn er sich an den Geschmack von Most erst langsam gewöhnen musste.

Eines Nachts verirrte sich auch ein Wiener in unsere Hochmoor-Gegend. Es war schon fast ein Uhr morgens, als er mit seinem Auto in die scharfe Linkskurve zwischen den Orten Reitern und Schanz bog. Als Ortsunkundiger fuhr er mit entsprechender Vorsicht, weshalb ihm das einsame Fahrrad auffiel, das in der Leitplanke hing. Der Wiener war alarmiert, denn hinter der Leitplanke fiel der Hang steil ab. Als er ausstieg, entdeckte er im Strauchwerk des Hanges eine rote Jacke.

Der Wiener, offenbar ein Mann mit Gewissen, fuhr umgehend zum Gendarmerieposten, um einen möglicherweise folgenschweren Unfall zu melden. Dort traf er auf unseren Regionalinspektor, der von allen Schatzl genannt wurde. Der war im ganzen Bezirk bekannt dafür, dass er gnadenlos auch jene Autofahrer abstrafte, mit denen er am Abend zuvor noch am Stammtisch gescherzt hatte. Dienst ist Dienst und Schnaps ist Schnaps, fand er.

Schatzl hatte am Gendarmerieposten nur einen einzigen Untergebenen, spielte sich aber trotzdem auf, als wäre er der Chef von mindestens fünfzig Männern. Wenn er mit seiner Uniform durch die Gegend stolzierte, zog er die Schultern immer so weit zurück, dass er ein Hohlkreuz bekam. Seine Dienstjacke stand dann am Rücken unvorteilhaft von seinem Körper ab. Seine Schuhe waren immer poliert, aber seine Diensthosen waren am Saum meistens dreckig. In die Standardgröße der Uniform hätte der klein gewachsene Mann gefühlt zweimal gepasst, weshalb er sich dauernd auf die Stulpen trat.

Der Wiener polterte in den Gendarmerieposten und weckte Schatzl aus seinem besten Dienstschlaf. Schatzl, der auch so schon meist schlechte Laune hatte, schlüpfte eilig in seine Jacke, setzte seine Dienstkappe auf und lief zu seinem Dienstauto, einem weißen Käfer. Übereifrig, wie er war, schaltete er auf dem Weg zu dem bloß 1400 Meter entfernten Unfallort sogar das Blaulicht an. Das tat er sonst nur, wenn er einem Schnellfahrer hinterher raste, um ihn noch vor der Kampbrücke zu stellen. Diese markierte die Grenze zu Niederösterreich und damit das Ende seines Zuständigkeitsbereiches.

Vor Ort stieg er aus dem Wagen, sah über die Leitplanke, ignorierte den lamentierenden Wiener und erhob seine Stimme. »Hans«, rief er. »Lebst du noch?«

Es gab nur einen Menschen in Liebenau, der nicht mit dem Traktor, dem Moped oder zu Fuß unterwegs war, sondern mit dem Fahrrad. Doch seine Rufe verhallten in der Finsternis.

Schatzl überlegte, seinen Kollegen als Unterstützung zu holen. Das wäre möglich gewesen, weil der einer der wenigen Liebenauer mit privatem Telefonanschluss war. Den teilte er sich mit drei weiteren Haushalten. Schatzl selbst hatte auch so einen Viertelanschluss und es hieß, dass er immer besonders viele Autofahrer strafte, wenn er am Abend zuvor wegen besetzter Leitungen nicht telefonieren konnte.

Um diese Uhrzeit wären bestimmt alle Leitungen frei gewesen, doch Schatzl entschloss sich, den Fall allein zu lösen. Wohl auch, um am Stammtisch mal wieder richtig etwas zu erzählen zu haben. Er schüttelte den Wiener ab, der ihm unaufgefordert gefolgt war, und fuhr auf die Schanz zur Wagnerwerkstatt des alten Gustls. Die Tür zur Werkstatt stand offen. Er trat ein. »Hans?«

Es war dunkel in der Werkstatt, die Hans' Schwiegervater gehörte. Er war der letzte Wagner in Liebenau, der Kutschenräder aus Holz fertigen konnte.

Schatzl durchsuchte die Werkstatt gründlich. Etwas fauchte ihn an. Eine schwarze Katze, die er in der Dunkelheit übersehen hatte. »Blödes Vieh«, murmelte er. Die Augen der Katze funkelten grün in der Dunkelheit. So erzählte er es zumindest später am Stammtisch. Er schaltete das Licht an. Hans schlief in einem Sessel, der in der Ecke neben der alten Hobelmaschine stand, seinen Kopf weit nach hinten gelegt. Erschrocken ging Schatzl zu ihm, denn auf der Stirn des Deutschen klaffte eine Platzwunde. Er war blutverschmiert und dreckig. Schatzl packte ihn an den Schultern. »Hans, jetzt sag schon was.«

Als Antwort kam ein lautes, entspanntes Schnarchen. Eine Alkoholfahne umwehte Schatzl. Hans war definitiv nicht ansprechbar.

Schatzl fuhr zurück zum Posten, um zu telefonieren. Er rief die Rettung an und landete bei meiner Mutter, die gerade beim Roten Kreuz Dienst hatte. Kurz darauf bog sie, ohne Blaulicht, in den Hof ein und trug Hans mit Hilfe des Gendarmen in den Krankenwagen.

Wenig später verarztete eine Krankenschwester seine Platzwunde am Kopf. »Jeder normale Mensch wäre bei dem Sturz tot gewesen, aber Hans ist einfach wieder aufgestanden und eineinhalb Kilometer quer übers Feld nach Hause gegangen«, erzählte Schatzl am nächsten Abend im Wirtshaus. »Der hat einfach einen guten deutschen Dickschädel.«

Für Hans, der noch rekonvaleszent war, bedeutete das einen ungeheuren Statusgewinn.

Zwei Tage später lenkte meine Mutter das Postauto in die Einfahrt zum Haus der deutschen Familie auf der Schanz. Ich saß auf dem Beifahrersitz. »Was tun wir hier?«, fragte ich.

Meine Mutter lächelte. »Bist du nervös wegen Petra?«

»Wir haben keine Post für die Deutschen.«

»Ich muss doch nach meinem Patienten sehen«, sagte sie.

»Jetzt bist du Briefträgerin, nicht Rettungsfahrerin«, sagte ich.

Sie parkte das Auto direkt vor den Hauseingang. »Ach weißt du«, sagte sie, »es geht in Wirklichkeit gar nicht um die Briefe, sondern um die Menschen.« Sie sah mich an. »Verstehst du das?«

Helga und Petra saßen auf der Terrasse und Helga winkte uns schon zu.

»Wie geht es unserem Sturzpiloten?« fragte meine Mutter.

»Hättest du ihn nicht ins Krankenhaus gebracht, würde es ihm jedenfalls noch schlechter gehen«, sagte Helga. »Kaffee?«

Schon begann Helga zu erzählen, warum sie an besagtem Abend nicht zuhause gewesen war und wie sie von dem Vorfall erfahren hatte. Ich hörte durch das offene Autofenster zu, bis mich meine Mutter anflapste. »Was ist?«, rief sie. »Sitzt du lieber im Auto als hier bei uns?«

Ich stieg aus dem Wagen, ziemlich nervös, was aber unnötig war. Denn während meine Mutter mit Helga plauderte, merkte ich, dass Petra und ich einander immer mehr zu sagen hatten und immer besser verstanden.

War ich mit meiner Mutter auf Tour, machten wir meist bei anderen Häusern Pause, als wenn ich meinen Vater begleitete. Das lag daran, dass sie, die Christl von der Post, vor allem für ältere, einsame Frauen eine willkommene Ansprechperson war. Sie wusste das, und es war für sie ganz selbstverständlich, dieses Bedürfnis zu erfüllen. Oft hörte sie sich lange die Sorgen dieser Frauen an. Wenn sie ein Haus endlich verließ, gaben ihr die Frauen gerne frisches Gemüse oder Eier mit. »Danke, dass du dir Zeit für mich genommen hast«, sagten sie. »Und nimm das bitte, damit ich nichts schuldig bleibe.«

Oft ging es auch um mehr als Zuhören. So machten es sich damals schon findige Vertreter zunutze, dass viele alte Menschen nur selten Besuch bekamen. Sie klopften an ihre Türen und redeten ihnen Dinge ein, die sie weder brauchten noch jemals haben wollten. Dann saß meine Mutter am Abend an unserem Küchentisch und formulierte Briefe, in denen sie Vertragsrücktritte erklärte. Diese brachte sie den Frauen am nächsten Tag zur Unterschrift mit und schickte sie noch am selben Tag ab. Für die Vertreter war das Geschäft damit geplatzt. Die Christl von der Post, die nicht nur Briefe brachte sondern auch verfasste, war für die alten Bauersfrauen mit ihrer mickrigen Rente oft bares Geld wert.

Dass es um die Menschen ging, war für meine Mutter mehr als Strategie. Sie tat automatisch, was sie konnte. Ihre Erfahrungen vom Roten Kreuz setzte sie, nicht nur bei Hans, auch in ihrer Funktion als Briefträgerin ein. Poldi zum Beispiel, ein lieber, aber dümmlicher, ewiger Junggeselle verletzte sich beim Holzhacken einmal den Finger. Er fand das unterhaltsam, weil er angetrunken war. Er grinste, als er meiner Mutter die Wunde zeigte. »Schau mal, wie weit ich meinen Finger verbiegen kann«, sagte er.

Wir sahen ihm vom Auto aus zu und ich hätte mich beinahe übergeben. Meiner Mutter machte der Anblick nichts aus. Sie stieg seelenruhig aus, verband Poldi behelfsmäßig den Finger und legte ihm kalte Tücher ins Genick und auf die Stirn. Dann fuhr sie, als wäre nichts besonders geschehen, mit der Post zum nächsten Haus. Es war das letzte für diesen Tag und sie wusste, dass das Paar, das dort lebte, sehnlich auf einen Brief von ihrem Sohn wartete, der in die USA ausgewandert war. Sie hatte ihn in der Tasche und wollte ihn den Beiden nicht vorenthalten, bloß weil Poldi eine Dummheit gemacht hatte.

Fünf Minuten später waren wir zurück am Hof von Poldi. Er saß noch immer auf einem Holzstamm zwischen den Holzscheiteln. Den kalten Umschlag im Genick, den frisch verbundenen Daumen wie ein Anhalter in der Höhe. Genau wie es ihm meine Mutter streng befohlen hatte.

Ich musste auf den Rücksitz. Dort saß ich, eingeklemmt zwischen den Postkisten, hinter Poldi. Er lallte die ganze Zeit und ich fürchtete, dass er sich übergeben würde. Meine Mutter fuhr so schnell wie die Rettung. Nur eben diesmal nicht mit dem Krankenwagen, sondern mit dem Postauto und ohne Blaulicht.

Poldi erzählte noch Jahre später, dass sich selten eine Frau so fürsorglich um ihn gekümmert hatte.

Meine Mutter konterte dann immer, dass sie ihm am liebsten eine runtergehaut hätte, weil er dermaßen betrunken Holz gehackt hatte. Sie konnte aber schon bald über den Vorfall lachen. »Man muss die Menschen eben nehmen, wie sie sind«, sagte sie.

Die Liebenauer schätzten die Auslegung ihres Jobs. Sie verziehen ihnen gerne, dass sie die Post oft mit Verspätung brachten oder einen Tag auch gar keine lieferten, wenn der Schneesturm so schlimm war, dass nicht einmal mehr die Nebenstraßen sichtbar waren. Dann waren sie eben bei jemandem hängen geblieben, der sie dringender brauchte. Vielleicht würden es schon das nächste Mal sie selbst sein.

Mein Vater folgte diesem Prinzip auf andere Weise als meine Mutter. Während sie oft Stunden damit verbrachte, betagte Herrschaften nach Schicksalsschlägen zu trösten, wollte er von deren Familiengeschichten und Krankheiten lieber gar nicht so viel hören. Er war wie gesagt mehr so etwas wie ein fahrender Dienstleister oder Gemischtwarenhändler. Stets gut gelaunt und immer für einen kurzen Tratsch zu haben. Täglich kam er bei der Bank, dem Supermarkt und dem Lagerhaus vorbei. »Wenn du schon beim Lagerhaus vorbei kommst, bring mir gleich eine Flasche Öl für die Motorsäge mit«, sagten die Bauern zu ihm. Wenn mein Vater auf dem Gepäckträger wieder einmal einen langen Stiel aus dem Lagerhaus festband, hatte garantiert ein Bauer, je nach Jahreszeit, den Stiel eines Rechens oder einer Schneeschaufel abgebrochen.

Hörten sie das Knattern seines Mopeds, kamen viele Liebenauer schon für einen Tratsch vor die Tür. Mein Vater musste dann erst gar nicht absteigen, um die Post zu überreichen. Das sparte Zeit, die er aber garantiert bei einer anderen Adresse bei einem Krug Most oder einen Schluck Bier wieder liegen ließ.

Mein Vater war irritiert, wenn eine seiner Kundschaften nicht schon in der Tür stand, wenn er auf dem Moped die Einfahrt entlang kam. So auch an jenem Tag, als ich mit ihm zum Hof der alten Mizzi fuhr. Sie war schon am Tag zuvor nicht heraus gekommen.

»Gib immer ein wenig Standgas, damit das Moped nicht abstirbt«, sagte er zu mir und stieg ab. Der Vergaser gehörte dringend neu eingestellt, zudem war der Kickstarter kaputt. Ob die Puch noch einmal ansprang oder nicht, wurde so zum Glücksspiel. Ich war mir meiner Verantwortung bewusst und tat mein Bestes, während er zielstrebig zu der blauen Kiste mit dem Holzdeckel ging, die Mizzi als Postkasten diente.

Die Kiste war voll. Selbst die Rheumasalbe, die mein Vater ihr am Vortrag gebracht hatte, war unberührt. »Wahrscheinlich ist sie bei den Kindern in der Stadt, aber ich schau lieber nach«, sagte mein Vater.

Ich gab vorsichtshalber ein bisschen mehr Standgas als nötig gewesen wäre.

Beim Stall begrüßten meinen Vater die Kühe laut muhend. Niemand war dort. Mein Vater ging in die sogenannte Schmutzschleuse, jenem Raum, der auf alten Bauernhöfen das Wirtschaftsgebäude mit dem Wohntrakt verband. In der Schmutzschleuse zogen sich die Bauern das schmutzige Stallgewand aus, bevor sie in die Stube gingen.

Der Kompressor der Melkanlage machte die üblichen Geräusche, die Milchkannen hingen ausgewaschen an der Wand. Die Tür der Schmutzschleuse zum Wohntrakt stand offen. Drüben hörte er schon Mizzis Hilferufe. Sie war tags zuvor schwer gestürzt und konnte nicht mehr aufstehen. Mein Vater beruhigte die verzweifelte Frau und brachte ihr ein Glas Wasser. Dann fuhr er eilig zum nächsten Gasthaus, wo es ein Telefon gab und verständigte die Rettung.

Der Lokalreporter unserer Zeitung brachte einen Artikel über die Sache, allerdings erst eine Woche später. Er ließ sich nicht hetzen. Wenn schon einmal etwas in der Gegend passierte, konnten wir es garantiert nur zeitverzögert nachlesen, wenn es ohnedies schon alle wussten.

Wie sehr die Liebenauer die Art schätzten, wie mein Vater die Menschen statt der Briefe in den Mittelpunkt stellte, erfuhr er an seinem fünfzigsten Geburtstag. Wir waren alle schon früh aufgestanden, um mit ihm zu frühstücken. Meine Mutter hatte eine Torte gebacken, Kaffee aufgestellt und den Frühstückstisch mit Blumen geschmückt. Mein Vater saß schon um kurz vor sechs Uhr in seiner Dienstkleidung am Tisch und wollte gerade in sein Schinkenbrot beißen, als draußen ein altes Posthorn aufheulte. Meine Mutter rannte, noch im Morgenrock, zum Küchenfenster und schob die Gardine zur Seite. Ihre gute Laune schlug sofort um. »Fritzl, bist du verrückt? Was hast du dir denn da wieder ausgedacht?«, sagte sie.

»Ich? Gar nichts.«

Wir sahen alle hinaus. Meine Mutter, mein Vater, meine Geschwister und ich. Draußen vor dem Haus stand ein alter Postbus, aus dem Dutzende Menschen quollen. Vom Bürgermeister über den Binderwirt bis hin zum Metzger, der offensichtlich keine Zeit mehr gehabt hatte, eine saubere Schürze anzuziehen. »Ja, sind denn die alle wahnsinnig geworden?«, fragte meine Mutter. Wobei sich die Frage mehr nach einer Feststellung anhörte. »Fritzl, jetzt geh schon endlich raus zu ihnen«, sagte sie. »Ich muss mir schnell noch was anziehen.«

Das Posthorn ertönte zum wiederholten Mal. Ein paar der unerwarteten Gäste zerrten noch eine Puppe aus dem Bus, die meinem Vater zum Verwechseln ähnlich sah. Postmütze inklusive.

Ich stand vor der Haustüre, um nichts von diesem Schauspiel zu versäumen.

Unser Hauptschuldirektor ergriff das Wort. »Fritzl, das ganze Jahr über kommen du und die Christl zu uns. Darum haben wir uns gedacht, dass wir ausnahmsweise einmal zu euch kommen«, sagte er.

Unser Hauptschuldirektor war einer der wenigen in der Gemeinde, die eine kurze Ansprache halten konnten, ohne peinlich zu werden.

Der Bürgermeister blies noch einmal ins Posthorn. »Wo ist denn die Christl?«, fragte er.

Sie kam bereits aus dem Haus und schüttelte Hände. So wie auch mein Vater, dem jeder persönlich gratulieren wollte. In der freien Hand hatte er schon ein Glas Wein, das ihm jemand aufgedrängt hatte. Er mochte Wein nicht besonders. Ein alter Bauer spielte Ziehharmonika, begleitet von der Gattin des Metzgers. Sie spielte mit vollem Körpereinsatz auf ihrer Geige.

In unserem Hof hatte sich das Who-is-Who von Liebenau versammelt. Vom Bankdirektor bis zum Schuldirektor, vom Reifenhändler bis zum Wirt und zum Kaufmann, dazu viele weitere Menschen, die mein Vater täglich besuchte. Resl, eine der Bäuerinnen, setzte die Briefträger-Puppe auf die Bank vor unserer Haustür. »Christl, schau her«, sagte sie. »Der Fritzl ist so viel unterwegs, deswegen haben wir dir einen Fritzl für zuhause gebastelt. Ist auch ganz ein Braver.«

In der Tasche, die der Reserve-Fritzl umgehängt hatte, seien die Geschenke. Die Pfarrersköchin forderte meinen Vater auf, nachzusehen. Er gab diese Aufgabe an mich weiter. In der Tasche waren ausschließlich Kuverts. »So wie es sich für einen Briefträger gehört«, erklärte der Hauptschuldirektor.

Meine Mutter sollte nachsehen, was in den Kuverts war. Sie berief sich auf ihren Ehrenkodex. Sie hätte noch nie in ein fremdes Kuvert geschaut, geschweige denn Briefe gelesen, die nicht an sie adressiert waren. Damit hatte sie die Lacher auf ihrer Seite. Die Kuverts öffnete sie dann trotzdem.

Absender des ersten war Max Gringer, der eine Autowerkstatt betrieb und dort sogar einen Mitarbeiter beschäftigte, nämlich seine Frau. »Gutschein für Fritzl«, stand auf der Karte im Kuvert. »Wenn im Herbst alle die Autoreifen gewechselt haben wollen, darf Fritzl mir einen Tag gratis bei der Arbeit helfen.«

Die Gemeinde lachte. Mein Vater prostete ihm zu. Meine Mutter riss inzwischen das nächste Kuvert auf. Darin steckte ein Gutschein vom örtlichen Turnverein. »Gutschein für Fritzl: Unser Briefträger darf im Juli einmal gratis bei der Schwangerschaftsgymnastik mitmachen. Die passende Kleidung stellt ihm der Turnverein zur Verfügung.«

Diesmal amüsierten sich vor allem die Damen.

Es wurde noch viel getrunken und gesungen, bis sich alle wieder in den Bus quetschten. Meine Mutter und mein Vater mussten auch mit. Schließlich stand zu seinen Ehren ein Ausflug in die Nachbargemeinde am Programm. Solche Ausflüge waren damals noch etwas Besonderes.

5. Geh den holprigen Weg

In abgeschiedenen Gegenden, in denen die Winter lang und eisig kalt sind, verbringen die Menschen notgedrungen viele Stunden in den warmen Stuben. Dort haben sie viel Zeit, sich Geschichten auszudenken. So ranken sich auch viele Sagen um das Tannermoor, das vor mehr als hunderttausend Jahren, also während der letzten Eiszeit, entstanden ist. Manche dieser Geschichten habe ich dutzende Male gehört. Vor allem an lauen Sommerabenden, wenn sich Erwachsene und Kinder um Lagerfeuer geschart haben. Als Kind fand ich immer jene Sagen besonders gruselig, die von Menschen erzählten, die spurlos im Moor verschwunden waren.

Der Tannerwald, durch den mein Vater immer die Post transportierte, ist moorig und moosig. Nach heftigen Regenfällen waren viele der Wege daher vorerst gar nicht passierbar. Außer man hatte nichts dagegen, knöcheltief im Dreck zu versinken. Viele der Bauern trugen deshalb das halbe Jahr über Gummistiefel. Es gab auch noch lange nach den Regenfällen immer wieder Stellen im Wald, an denen sich das Wasser gesammelt hatte.

Es war ein sonniger Sommertag, als ich wieder mit meinem Vater auf Tour war. Ich saß hinter ihm auf der Puch, die Augen im Sonnenlicht zusammengekniffen, und freute mich auf unseren nächsten Halt. Wir waren zum Hof von Franziska und Hans unterwegs, der auf einer Anhöhe am Rande des Herrschaftswaldes gelegen war.

Es war kurz vor Mittag, als wir auf die, für den Verkehr freigegebene Herrschaftsstraße einbogen. Damit war die Wahrscheinlichkeit groß, dass Franziska bei unserer Ankunft gerade in der Küche stehen würde. Sie würde uns sicher ihren köstlichen Süßmost anbieten.

In der Gegend heulten schon seit Tagen die Motorsägen und immer wieder hallte es »Achtung! Baum fällt!« durch den Wald. Nicht immer fiel der Baum in die richtige Richtung. So mancher Bauer und so mancher Traktor hatten bei den Arbeiten schon Schrammen abbekommen. Dennoch waren die Forstaufträge bei den Bauern begehrt, weil sie sich mit ihnen ein willkommenes Zubrot verdienen konnten.

Auch Toni war unter den Männern, die im Wald Fichten schlugen und per Seilwinde aus dem Wald zogen. Wenn die Motorsägen gerade nicht heulten, hieß das, dass die Männer Pause machten. Ein fetter Speck gehörte zur Holzarbeit, wie das Öl zur Motorsäge.

Toni saß in den Pausen dann wie die anderen Männer auf einem Baumstamm, neben ihm die glühende

Motorsäge, auf ihm unzählige Holzschnitzel und Pech. In seiner rechten Hand hielt er eine Flasche Bier, in der linken ein Stück Brot und auf seinem Schoß lag der hausgemachte Speck. Franziska und Toni hatten den besten Speck von Liebenau. In diesem Punkt waren mein Vater und ich uns einig.

An jenem Tag saß Toni um die Mittagszeit nicht auf einem Baumstamm im Wald, sondern auf seinem Traktor. Er fuhr vor uns die Forststraße entlang und schien es eilig zu haben. Es war einer dieser Momente, in denen selbst ich der Herrschaft dankbar war, dass sie die schöne Straße gebaut hatte, die mich schneller zu meinen Süßmost und einem Stück Speck brachte.

Mein Vater schien ähnliche Gedanken zu haben. Er hatte es auch auffällig eilig und drückte aufs Gas. Wir knatterten am Traktor vorbei, der uns bei der nächsten Steigung vermutlich wieder einholen würde, während Toni zum Gruß seinen Hut schwenkte. Ein bisschen später, als wir das Tuckern des Traktors nur noch entfernt hinter uns hörten, bremste mein Vater. »Absteigen«, sagte er. »Wir gehen zu Fuß weiter.«

Ich dachte, mich verhört zu haben. Hatte ich nicht. Mein Vater zeigte auf einen schmalen Steig, der steil nach oben führte. Für gewöhnlich versank man auf diesem Steig im Dreck, weil sich dort nach Regenfällen kleine Bäche bildeten, und ich hatte keine Gummistiefel an. Mein Vater auch nicht. »Es hat lange nicht geregnet«, sagte er. »Der Weg müsste trocken sein.«

Die schön ausgebaute Forststraße sei eigentlich ein ordentlicher Umweg und der holprige Steig eine gute Abkürzung, erklärte er mir.

Hinter uns wurde das Tuckern von Tonis Traktor wieder lauter. Da bog er schon um die Kurve und fuhr an uns vorbei. »Zu Fuß sind wir in fünf Minuten oben, mit dem Moped brauchen wir drei Mal so lang«, sagte mein Vater.

Er hatte mich überredet. Auch weil ich gerne über den moosigen Waldboden lief. Er federte so angenehm unter den Fußsohlen.

Ich wollte mir gerade noch die Schuhe ausziehen, als mein Vater »Ich bin samt der Posttasche schneller oben als du!« rief und gleichzeitig losrannte. Ich hastete ihm hinterher. Trotz seiner schweren Tasche hatte ich Mühe, mit ihm mitzuhalten. Wir jagten durch den Wald hinauf zum Hof. Mein Vater war als Erster oben. Aber nur, weil ich auf halber Strecke von einem zwei Meter hohen Ameisenhaufen abgelenkt wurde. Ich konnte nicht einfach vorbei laufen. Es faszinierte mich immer, was die kleinen Tiere in ihren Bau schleppten und ich musste jedes Mal der Versuchung widerstehen, einen Stein in den Haufen zu werfen.

»Was andere geschaffen haben, zerstört man nicht«, hätte mein Vater geschimpft.

Als ich kurz nach ihm oben am Hof ankam, stand mein Vater, die Hände auf die Knie gestützt, unter einem Baum und schnappte nach Luft. »Hab ja gesagt, dass ich schneller bin«, japste er.

Franziskas Bauerngarten war sonst immer penibel gepflegt. Zur Abschreckung der Raben drehte sich dort ein Windrad mit einem roten Fetzen dran und gleich daneben stand eine Vogelscheuche mit einem rotgetupften Kopftuch. Unkraut hatte dort nie eine Chance und altes Laub lag auch nie herum. Doch an jenem Tag lagen im Garten mehr Hühnerfedern, als Blätter von Kräutern und Gemüsepflanzen zu sehen waren.

Als wir über den Zaun in den Garten schauten, kam Franziska gerade mit einer Speckjause aus dem Haus gelaufen. Zwei Teller und ein Korb mit frischem Brot standen bereits auf der rot-weiß karierten Tischdecke. »Setzt euch, ich bring für Oskar noch ein Glas frische Buttermilch«, sagte sie zu uns.

Wir ließen uns nicht lange bitten. »Was ich heut schon mitgemacht habe«, sagte sie. Sie hätte die Gartentür offen gelassen, was für die Hühner wie eine Einladung ausgesehen haben müsse, die frisch gesäten Samen aus der Erde zu picken. Das wiederum hatte wie eine Einladung für einen Fuchs ausgesehen. »Die haben in meinem Garten Fuchs und Henne gespielt und mir die ganzen zarten Pflanzen ausgerissen«, sagte Franziska. »Alles kaputt. Aber wenigstens haben die Hennen gewonnen«, gab sie sich versöhnlich. »Und jetzt greift zu. Das Brot ist frisch gebacken.«

Es war gerade zehn Minuten vor zwölf Uhr. »Zuhause sitzen wir nie so pünktlich bei Tisch«, sagte mein Vater.

Franziska zwinkerte ihm zu. »Nehmt vom Speck, damit er weg kommt.«

Mit dem scharfen Messer am Tisch schnitt mein Vater dünne Speckscheiben ab. Franziska unterrichtete uns über die Neuheiten am Hof. Die trächtige Kuh hätte das Kalb bekommen. Gestern hätten die Enten Nachwuchs bekommen. Den ganzen Nachmittag sei die Entenmutter mit ihren Jungen über den Hof gewatschelt und hätte ihnen den Teich gezeigt. Der Teich, das war mehr ein kleiner Wassertümpel, aber das durfte in Franziskas Gegenwart natürlich niemand sagen. Die naturverbundene Frau mit den streng nach hinten gekämmten und zu einem Knoten gebundenen Haaren war sehr stolz auf ihren Teich und auf alles, was in ihrem Garten gedieh. Franziska trotzte mit ihren Tieren und Pflanzen dem rauen Klima so gut es eben ging. Der Rosenstrauch, der sich an der Hausmauer empor rankte, trug auch diesen Sommer kaum Blüten, weil er einfach zu wenig wärmende Sonne abbekam. Die Geranien, die Franziska in den Blumenkästen vor den Fenstern im Haus zog, blühten oft erst im Juli und standen in voller Pracht, wenn der erste Frost sie erwischte. Ein großer Blumentrog vor dem Haus stand überhaupt leer. Die Pflanzen, die einst darin wuchsen, hatten im kalten Frühjahr vom Winter hungrige und offensichtlich nicht sehr scheue Rehe weggefressen.

»Ich bin gleich wieder da«, sagte Franziska und wischte sich die Hände an ihrer weißen Leinenschürze ab, die links und rechts große Taschen aufgenäht hatte. Eiligen Schrittes ging sie mit ihren Holzpantoffeln in Richtung Erdkeller. Dort lagerte sie in großen, alten Eichenfässern den Most, sowie Äpfel und Gemüse, das ganze Jahr über konstant bei einer Temperatur von 16 Grad.

Ich kannte den Keller gut, weil ich mir dort schon als Kind immer einen Apfel holen durfte. Die kleinen, aber süßen roten Äpfel waren für mich etwas besonders, weil sie immer gekühlt und damit besonders erfrischend waren.

Mein Vater und ich saßen auf der Bank und machten uns über den Speck her. Schon bevor Franziska mit einem Krug Most zurück war, hatten wir fast alle Scheiben aufgegessen. Die junge Entenfamilie watschelte um die Ecke und beäugte uns neugierig.

Ich pflückte eine der kleinen, unreifen Trauben von dem Strauch, der sich neben der Bank über eine Drahtkonstruktion die halbe Hausfront emporrankte. Damit wollte ich die jungen Enten anlocken, aber sie rannten ängstlich davon, verstört durch das Tuckern eines Traktors. Es war Toni, der im Eiltempo auf den Hof bog. Er war noch gar nicht abgestiegen, da rief er uns schon entgegen: »Eh klar, Fritzl, du Sauhund! Seit Tagen hast keine Post mehr gebracht, aber wenn es eine Jause gibt, sitzt du da, bevor es zwölf Uhr ist.«

Jetzt wurde mir klar, dass Franziska den Tisch nicht für uns gedeckt hatte, sondern für ein gemeinsames Mittagessen mit Toni. Nicht in der Küche, sondern draußen vor der Tür, weil Toni von der Arbeit im Wald kam und sie nicht wollte, dass er die Holzschnipsel, die sein Hemd und seine Hose überzogen, im ganzen Haus verteilte.

»Reg dich nicht auf«, schmetterte mein Vater dem Hausherrn entgegen und griff nach dem letzten Stück Speck. »Wegen dem einen Werbezettel fahr ich nicht bis zu dir rauf.«

»Sauhund«, sagte Toni noch einmal und stieg vom Traktor. Er war ein Büffel von einem Mann, wie meine Großmutter zu sagen pflegte. Mit seinen kräftigen Armen wirkte er auf mich wie ein Bär. Vielleicht lag das auch an seiner starken Körperbehaarung. Kahl war nur sein Kopf. Nur noch wenige, stark gelockte Haare waren ihm dort geblieben. Auf seinem karierten Holzfällerhemd klebten Späne und schwarzes Pech. Ich wusste, wie wichtig es für Holzfäller war, auch bei Hitze langärmlige Hemden zu tragen. Ich war einmal bei der Waldwarbeit dabei gewesen und hatte darauf bestanden, das Hemd auszuziehen. Am Abend musste ich mir das Pech mit der Reibbürste vom Körper bürsten.

»Sauhund« wiederholte Toni und ging schweren Schrittes zum Wassertrog neben dem Hauseingang. Diese Tröge, in die ständig frisches Wasser nachfloss, waren ein zentraler Punkt an jedem Hof. Von dem frischen, eiskalten Wasser wurde nicht nur getrunken. Im Trog wuschen die Bauern ihre Milchkannen aus, sie säuberten dort das frische Gemüse vom Feld, lagerten im kalten Wasser den Kren und, für die Männer noch viel wichtiger, die Bierflaschen. Meist waren es braune Flaschen Freistädter Bier mit grünweißem Etikett.

Toni nahm seinen Hut ab, wusch sich Gesicht und Genick und ließ das eiskalte Wasser über seine Unterarme rinnen. Dann sah er sich um. Franziska war nirgends zu sehen. Eilig fischte er zwei Flaschen Bier aus dem Trog und kam mit einem glückseligen Lächeln im Gesicht zu uns an den Tisch, als hätte er einen

Schatz aus den Tiefen des Steintroges gehoben. »Ich hab einen Bärenhunger«, verkündete er, klopfte meinem Vater zur Begrüßung auf die Schulter und ließ sich neben mich auf die Bank fallen.

Eilig, noch bevor Franziska wieder zurück war und schimpfen konnte, öffneten die Männer die Bierflaschen mit einem Feuerzeug. Toni trank die Flasche mit einem Zug halb leer und stellte sie krachend auf den Tisch. »Prost, Fritzl«, sagte er zufrieden. »Was verschafft uns die Ehre?«

»Zwei Reklamezettel, eine Rechnung vom Lagerhaus und ein Kontoauszug von der Raiffeisenkasse«, sagte mein Vater.

»Die Rechnung kannst behalten«, sagte Toni. »Das nächste Mal brauchst gar nicht herkommen, wenn du mir nicht zumindest das Milchgeld von der Molkerei bringst.«

Das war seine Standardantwort.

Toni sah prüfend zur Haustür. Von Franziska war noch immer nichts zu sehen. Also griff er wieder zur Bierflasche und trank sie mit ein paar Schlucken leer. »Fritzl, trinkst du auch noch eines mit?«, fragte er. »Bei der Hitze heute musst du ja durstig sein.«

Damit war er schon wieder beim Wassertrog. »Was ich heut schon mitgemacht habe«, sagte er. »Beim letzten Baum hat der Max, der Trottel, den Keil vergessen und die Fichte ist in die falsche Richtung gefallen. Genau auf unseren Jausenplatz, auf dem schon der Speck und das Bier gestanden sind.« Er sei wirklich sauer gewesen und jetzt entsprechend hungrig. »Ich brauch jetzt was Gescheites«, sagte er.

Mit etwas »Gescheiten« meinte Toni etwas richtig Fettes. Ein Holzfäller-Essen, vorzugsweise mit Speck und Hauswürsten. Jedenfalls irgendeine Form von Fleisch. So wie es Männer schätzen, die den ganzen Tag schwere körperliche Arbeit verrichten.

Franziska kam mit einem Krug Süßmost aus dem Keller zurück und verdrehte die Augen. »Jetzt trinkst du schon ein Bier?«

»Ja, wenn wir schon einmal so hohen Besuch habe, werde ich wohl dürfen«, sagte Toni und versuchte, die bereits leere Bierflasche unauffällig hinter einem Blumentrog verschwinden zu lassen. »Einen mordsmäßigen Hunger habe ich auch«, sagte er.

Er schaute ihr mit einem Dackelblick ins Gesicht und stutzte. »Na, heut bist aber ganz modern unterwegs, mit so viel Gel in den Haaren«, sagte er.

»Von wegen Gel«, sagte Franziska. »Die Kuh hat das Kalb gekriegt, gleich nachdem du vom Hof gefahren bist. Ich hab das Junge allein rausziehen müssen und dabei geschwitzt wie ein Fuhrknecht. Deswegen schau ich so aus.«

Toni, mein Vater und ich waren beeindruckt. Franziska verschwand wieder in der Küche und kam mit dem Essen für Toni zurück. Es war ein Teller Sto-Suppe, eine einfache Milchsuppe mit Kümmel. Toni stand das Entsetzen ins Gesicht geschrieben.

»Der Speck ist aus, den haben der Fritzl und der Oskar aufgegessen. Aber ich bring dir gleich noch ein paar Erdäpfel«, sagte Franziska.

»Das Gemüse sollen die Viecher fressen«, sagte Toni so leise, dass es Franziska nicht hören konnte. »Klar, wenn es Speck gibt, sitzt der Postler pünktlich um zwölf am Tisch, aber Milchgeld bringt er keines.«

Franziska brachte eine Schüssel mit dampfenden Kartoffel auf den Tisch und wies ihren Mann an, diese in die Suppe zu schneiden, um satt zu werden. »Bleibt mir eh nichts anderes übrig«, sagte der.

Wir hörten neuerlich Motorenlärm und sahen hinter der Kuppe vor dem Hof zunächst ein weißes Autodach. Es war der Milchfahrer mit seinen kleinen Tankwagen, auf den eine bunte Kuh aufgemalt war. Mehrmals die Wochen machte er bei Franziska und Toni Halt, um die Milch abzuholen. »Eh klar, der Postler bringt mir kein Milchgeld, aber der Milchmann kommt meine Milch holen«, sagte Toni.

Andreas, der Milchführer, stieg aus. Er war jemand, den die Frauen im Dorf als feschen Mann bezeichneten. Groß und kräftig, mit glatten dunklen Haaren, die er stets penibel zu einem Seitenscheitel kämmte. Andreas trug immer moderne blaue Jeans, dazu ein graues Hemd und darüber ein Leder-Gilet. In dessen Brusttasche steckte immer der Kugelschreiber, den er brauchte, um in seinen Block einzutragen, wie viel Milch er abgeholt hatte.

Das Gilet trug Andreas immer offen. Es blieb ihm auch nichts anders übrig. Sein über die Jahre immer größer gewordener Bierbauch hätte darin keinen Platz mehr gefunden. Andreas hatte eine Vorliebe für Freistädter Bier und war dafür bekannt, dass er für Bier gerne die Milch draußen stehen ließ. So genau nahmen die Milchmänner es zu jener Zeit nicht mit der Frische.

»Andreas, setz dich zu uns und bring uns gleich ein Bier aus dem Trog mit«, sagte Toni zu ihm.

Flugs saß Andreas neben uns auf der Bank, und am Tisch standen drei weitere Flaschen Bier. Als Franziska aus dem Haus kam, begrüßte Andreas sie. »Was ist denn mit dir heute los?«, fragte er sie. »Heut hat ja deine Vogelscheuche eine schönere Frisur als du.«

Andreas war für seinen Charme bekannt, der es besonders Frauen aus unerfindlichen Gründen unmöglich machte, ihm böse zu sein. Franziska blaffte ihn an. »Du, sei schön still«, sagte sie. »Wenn man dich brauchen könnte, bist du nie da.« Sie erzählte auch ihm vom Kalb und von den Entenküken.

»Wenn die Enten groß sind und keinen Hals mehr haben, komm ich gern wieder vorbei«, sagte Andreas. »Am liebsten habe ich sie mit Knödel und Rotkraut.«

Franziska lachte und brachte einen weiteren Teller Sto-Suppe. Andreas wäre der eben besprochenen Entenbraten offensichtlich sehr viel lieber gewesen. »Die guten Sachen haben Fritzl und Oskar aufgegessen«, sagte Toni zu Andreas.

Mein Vater nickte und legte sich genüsslich die Hände auf den Bauch. »Ich könnte jetzt einen Schnaps vertragen.«

Als wir zurück zum Moped gingen, lächelte er die ganze Zeit zufrieden in sich hinein. »Merk dir das«, sagte er, als wir aufstiegen. »Die Leute, die dort fahren, wo alle fahren, kriegen am Ende nur Suppe, und wenn sie Glück haben, ein paar Kartoffel dazu.«

Ich merkte es mir.

6. Öffne manchmal auch eine Tür, hinter der ein Hund bellt

Die Puch lief noch, da hörte ich ihn schon bellen. Es war nicht das nervige Kläffen eines kleinen Köters, sondern das kräftige Bellen eines Hundes in der Größenordnung eines Kalbes. Es zeigte Wirkung. Ich hatte Angst.

Als Briefträgerkind hielt ich Sprüche wie »Hunde die bellen, beißen nicht« für eines der großen Missverständnisse der Menschheit. Zu oft hatten Hunde meinen Vater im Laufe der Jahre gebissen. Ich konnte mir nicht vorstellen, dass es immer stumme Tiere gewesen waren. Ich interpretierte den Spruch so, dass Hunde, in dem Moment, in dem sie sich festbeißen, nicht bellen und umgekehrt. Manche Köter verstehen einfach nicht, dass Briefträger etwas bringen, und nicht etwas wegtragen. Manche Hunde waren wirklich irre. Jagdhund Vauxerl zum Beispiel war so unbestechlich wie hinterlistig. Der Münsterländer mit den langen Hängeohren und dem gelockten Fell lag je nach Jahreszeit in einem sonnigen oder schattigen Versteck, aus dem er heraus schoss, wenn es gerade wirklich niemand erwartete.

Vauxerl hatte ein gestörtes Verhältnis zu Reifen. Niemand wusste, warum. Egal, ob Auto-, Moped-

oder Fahrradreifen, solange sie still standen, lag auch Vauxerl still in einer Ecke. Sobald sich die Räder drehten, drehte der Hund auch durch und biss wütend zu.

Die Nachbarn kannten ihn schon und fuhren unbeirrt weiter, selbst wenn die Speichen der Räder an Vauxerls Zähnen klapperten. Das fanden sie dann lustig. Ein Hund, der sich in Reifen verbiss, war immer noch besser als einer, der sich in Waden verbiss. Wie der Dobermann, der ebenfalls sehr hinterlistig war. Er ließ zwar jeden bereitwillig ins Haus, aber niemanden mehr heraus. Das wurde meinem Vater zum Verhängnis, der einmal von dem freundlich wedelnden Hund begleitet durchs Hoftor schritt, die Post in Abwesenheit der Hausbewohner einrollte, an die Klinke steckte, und wieder gehen wollte. Doch jetzt baute sich der Hund knurrend vor ihm auf. Als mein Vater trotzdem einen Schritt vom Haus weg machte, biss er zu. Erst als mein Vater ihn mit einem Stiefelknecht aus Eichenholz, der im Hauseingang lehnte, auf den Kopf schlug, ließ das Tier los. Die Hausleute konnten gar nicht glauben, dass ihr Hund das getan hatte.

Mein Vater blieb von dem Bellen, das uns jetzt empfing, unbeeindruckt. Seelenruhig stellte er den Motor des Mopeds ab, kramte in seiner Posttasche und zog ein paar Prospekte heraus. Gedankenverloren pfiff er dabei ein Lied, das wir ein paar Häuser zuvor im Radio gehört hatten. Wir standen vor einem wuchtigen alten Steinhaus. Die Mauern waren gekalkt und die Fenster winzig klein.

Über den Fenstern im ersten Stock gab es eine Einkerbung in der dicken Mauer. Dort stand eine Statue der Gottesmutter Maria. Für mein Empfinden schaute sie mitleidig auf uns herab. Ich interpretierte das als leise Warnung.

Von den Hausleuten schien niemand da zu sein. Der Bretterverschlag zum Hof war fest verschlossen. Irgendwo dahinter benahm sich der Hund noch immer, als müsste er den Heiligen Gral verteidigen.

Ich wollte so schnell wie möglich weiter. Also riss ich meinem Vater die Post aus der Hand und rannte damit zum Haus. »Ich steck sie an die Tür, ist ja offensichtlich niemand da«, sagte ich. Dabei bemühte ich mich, möglichst gelassen zu wirken.

Jetzt stieg auch mein Vater vom Moped. Er pfiff noch immer das gleiche Lied. »Ich schaue nach, ob jemand da ist«, sagte er und griff schon nach der Türklinke. Mir blieb fast das Herz stehen.

»Warte!« Ich machte einen Satz zu ihm und zog ihn am Rucksack zurück.

»Auf was denn?«, fragte er.

Ich gestikulierte wild. »Der Hund da drinnen hört

sich an, als hätte er seit Tagen nichts mehr zu fressen bekommen. Ich geh da sicher nicht rein.«

Mein Vater ließ sich davon nicht abhalten und meinte, der Hund würde ihm schon nichts tun.

Das fand ich gar nicht lustig. Eine Mischung aus Wut und Angst brachte meine Hände zum Zittern. »Ach so«, sagte ich, »und weil du das so genau weißt, bist du schon so oft gebissen worden?«

Mein Vater drehte sich zu mir um. »Oskar, hat dich schon einmal ein Hund gebissen?«

»Nein«, antwortete ich. »Ich kann auf diese Erfahrung auch gut verzichten.«

»Kannst du dich noch erinnern, wie du vor dem Hund der Gmeiners davon gerannt bist, der gar nicht da war?«

»Dieser hier ist aber eindeutig da.«

Er schien mich nicht mehr gehört zu haben. Ohne ein weiteres Wort drückte er die Schnalle der Tür zu einem klapprigen Bretterverschlag, der den Hauseingang vor der Witterung schützte. Nichts passierte. Das Teil war schon so ausgeleiert, dass die Tür erst beim dritten Versuch mit einem lauten Klack aufsprang. Ich stand mit weit aufgerissenen Augen da. Vor mir mein Vater, über mir die Mutter Gottes.

Weiterhin passierte nichts. Der Hund bellte noch immer, war aber nirgends zu sehen. Das Bellen kam aus einem der offenen Fenster des Hauses. »Wenn das Fenster offen ist, wird wohl doch jemand zuhause sein«, sagte mein Vater und verschwand im Verschlag.

Ich folgte ihm zögerlich, noch immer die Prospekte in meinen zittrigen Händen.

»Hallo? Jemand da?«, rief mein Vater im Hof. Er legte die Hand an die Schnalle der eigentlichen Haustür. Ich stampfte mit dem Fuß auf, verschränkte meine Arme vor der Brust und protestierte so aufgeregt, dass sich meine Stimme überschlug. »Ich gehe sicher nicht ins Haus zu dieser Bestie«, sagte ich.

Das beeindruckte meinen Vater ebenso wenig wie das Bellen.

»Jetzt komm schon, du hast ja die Post«, sagte er mit ruhiger Stimme, während er schon durch die Haustür trat. Auch diesmal fiel ihn kein Hund an. Das Bellen hallte noch immer über den Hof. »Komm schon, Oskar!«, rief mein Vater erneut. »Wenn ich mich immer fürchten würde, nur weil irgendwo ein Hund bellt, könnte ich meinen Job bleiben lassen.«

Mir blieb nichts anderes übrig, als ihm zu folgen. Denn allein im Hof wollte ich auch nicht stehen bleiben. In meinem Kopf spielten sich beim Gedanken daran Szenen ab, in denen ein Riesenhund aus einem offenen Fenster auf mich zusprang.

Also stolperte ich meinem Vater eilig hinterher. Der stand schon an einer Tür am Ende des Hausflures. Sie bot den letzten Schutz vor dem wütenden Hund. »Wir legen die Post jetzt hier auf die Truhe«, sagte ich. »Das muss reichen.«

Natürlich war es zwecklos.

Mein Vater öffnete schon die Tür zur Stube, als ich ihn an seinem Rucksack zurück halten wollte. Zu spät. Die Tür sprang auf und ein Hund von tatsächlich der Größe eines Kalbes kam polternd auf uns zu. Es war ein ausgewachsener, richtig großer Schäferhund. Dieses wütende Schwergewicht machte einen Satz in Richtung meines Vaters. Mir blieb vor Schreck die Luft weg. Ich konnte nicht einmal schreien. Kurz bevor der Hund meinen Vater mit seinen Riesenpfoten niederreißen konnte, kam das Tier mitten in der Luft zum Stillstand und knallte gleich darauf vor uns auf den Boden. Es war die Leine, die ihn zurück gehalten hatte. Er war damit an einem Bein des schweren Küchentisches aus massivem Holz festgebunden.

Ich atmete auf. Da hatten wir noch einmal Glück gehabt, dachte ich. Erst als der Hund angesichts meines Vaters freundlich zu jaulen anfing, war mir klar, dass er den Verlauf der Begegnung von Anfang an vorausgesehen hatte. Mir fiel ein, dass sich mein Vater selbst mit einigen der bösartigsten Hunde über die

Jahre angefreundet hatte, auch dank der Jausenbrote meiner Mutter, die ihm selbst nicht so gut geschmeckt haben. Dieser hier schien, so aus der Nähe betrachtet, nicht einmal besonders bösartig zu sein.

»Das ist so ähnlich wie mit den Schlangen«, sagte er. »Zu neunundneunzig Prozent verschwinden sie, wenn sich ein Mensch nähert.«

Ich hatte panische Angst vor Schlangen, seit ich miterlebt hatte, wie so ein Tier meine Großmutter gebissen hatte. Ich war mit ihr Pilze suchen gewesen und wir wollten eine Pause machen. Meine Großmutter breitete eine Decke aus, ungeschickter Weise gerade an jenem Platz, an dem eine Schlange lag.

»Nur weil sich deine Großmutter damals fast auf das arme Tier gesetzt hätte, heißt das nicht, dass alle Schlangen beißen«, erklärte mein Vater zum wiederholten Mal.

Er nahm ein Stück Wurst aus dem Kühlschrank, schnitt ein großzügiges Stück ab und warf es dem Hund zu. Gerade als der danach schnappte, ging die Küchentüre auf und Antonia, die Hausfrau, kam herein. »Spinnst du, die frische Wurst gibst du dem Hund?«, sagte sie zur Begrüßung. »Davon hab noch nicht einmal ich gegessen.«

Die Frau in der dunkelblauen Trainingshose mit den beiden orangen Streifen an den Seiten regte sich aber nicht weiter auf. Der riesige Schäferrüde war ihr ganzer Stolz. Vermutlich hätte sie ihm ohnehin wenig später ein Stück von der Wurst gegeben. Antonia wuschelte mir durch die Haare. »Was ist los mit dir? Du schaust so zittrig aus.«

Ich war tatsächlich noch ein wenig zittrig. Wegen dem Hund und wegen der klammen Kälte im Haus. So richtig warm wurde es in diesen Steinhäusern nur unter den Dächern und das auch nur im Sommer. In der Hitze des Sommers hängten die Bauern dann Würste und Speck auf Holzstangen am Dachboden auf. Nirgends sonst wären sie so schnell getrocknet. Im Winter gingen die Hausbewohner nur in Ausnahmefällen nach oben. Meist lag sogar Schnee dort, den der Wind durch die Lüftungsluken blies. Er blieb dann wochenlang liegen. Holte sich jemand eine Hose oder ein anderes Kleidungsstück aus einer der Bauerntruhen auf dem Dachboden, konnte er sicher sein, dass sie feucht und halb gefroren war. »Mir ist nur ein bisschen kalt«, sagte ich zu Antonia.

Mir fiel auf, dass sie keine Socken trug. Ihre dicken Zehen, die aus den Pantoffeln quollen, waren voller Hornhaut. An den Pantoffeln und an den Zehen ihres linken Fußes klebte Hühnerdreck.

»Wollt ihr Eier?«, fragte Antonia meinen Vater in diesem Moment. »Ich war gerade im Hühnerstall.«

Ich fuhr mir verstohlen durch die Haare, um zu sehen, ob Antonia dort womöglich auch ein bisschen Hühnerstall hinterlassen hatte. Ich wollte endlich weiter und trotz allem weg von diesem Riesenhund, der noch immer jaulend am Boden lag und gegen den Widerstand der Leine in unsere Richtung zu robben versuchte.

Mein Vater ging zum Abschied ein paar Schritte auf das Tier zu. Kaum war er nahe genug, sprang der Hund auch schon an ihm hoch. Wenn er sich aufstellte, war er so groß wie ich. Auf die Waage brachte er bestimmt mehr als ich, und er war offensichtlich regelmäßig in der Küche eingesperrt. Davon zeugten die tiefen Kratzer an der Küchentür.

»Warum hast du mir nicht gleich gesagt, dass er friedlich ist«, fragte ich meinen Vater und setzte mich neben den Hund auf den Boden, um ihn zu kraulen.

Als wir losfuhren, begleitete uns Antonia, mit einer Tasse Kaffee in der Hand, vor die Tür und setzte sich auf die Bank, die am sonnigsten Platz an der Hausmauer stand. Sie wirkte vollends zufrieden. Ich setzte mich hinter meinen Vater auf das Moped und klammerte mich mit beiden Händen an ihm fest. Als er den Motor anließ, stimmte der Schäfer in der Stube das nächste Bellkonzert an. Es kostete mich nur noch ein Lächeln. Mein Vater hupte zum Abschied.

Für mich blieb trotzdem, dass er schon gebissen worden war, und ich noch nie.

Mein Vater schien an diesem Tag Gedanken lesen zu können. »Ich könnte natürlich die Post immer an die Klinke stecken, wenn drinnen ein Hund bellt«, sagte er, »aber das tue ich erst, wenn mir mein Job keinen Spaß mehr macht. Noch denke ich mir bei jeder Tür, dass etwas Gutes dahinter auf mich warten könnte, und das will ich nicht verpassen, nicht aus Angst. Die paar Bisse nehme ich dafür in Kauf.«

Eine Weile fuhren wir schweigend dahin. »Weißt du, was ich meine?«, fragte er mich schließlich.

Ich nickte, obwohl er das nicht sehen konnte.

»Fritzl, wenn du mit dem Abrechnen fertig bist, lass uns noch kurz reden«, sagte Postdirektor Hennerbichler eines Abends zu meinem Vater.

Das hatte dem gerade noch gefehlt. Zuhause wartete meine Mutter mit einem Schweinsbraten auf ihn. Mein Vater fragte sich, was es jetzt Wichtigeres geben könnte, als diesen dampfenden, knusprigen Schweinsbraten. Mit warmem Sauerkraut und Semmelknödel. Ihm fiel beim besten Willen nichts ein.

Er beeilte sich, mit seinen Abrechnungen fertig zu werden und stand wenig später unruhig zappelnd vor Hennerbichler. »Was gibt es denn? Weißt du, ich hab heute noch Rettungsdienst und deswegen nicht sehr viel Zeit.«

Hennerbichler blieb unbeeindruckt. »Darf ich dir einen Tee anbieten?«, fragte er.

Mein Vater trank Tee nur in Ausnahmesituationen. Wenn er krank war zum Beispiel. Ein Kaffee oder ein Bier wären ihm lieber gewesen. Aber auf Hennerbichlers Tisch dampfte es schon aus einer Teekanne heraus. Dort standen auch zwei Teetassen, sogar ganz nobel samt Untertassen.

Es roch nach Hagebuttentee. Von allen Teesorten mochte mein Vater Hagebutten am wenigsten. Aber es war zwecklos, jetzt mit solchen Grundsatzdiskussionen Zeit zu verlieren.

»Nimm doch Platz«, sagte Hennerbichler und sortierte seelenruhig die Stempel, die Stempelkissen, die Brief- und Stempelmarken und wichtige Unterlagen in den Tresor. Auf seinem Schreibtisch lagen seine weniger wichtigen Zettel, ein langes Lineal, ein Kugelschreiber, ein schon etwas kurz gespitzter Bleistift und der noch kleinere Radiergummi.

Schließlich sah Hennerbichler meinen Vater an und setzte dabei eine staatstragende Miene auf. »Fritzl, du bist jetzt schon seit Jahrzehnten unser bester Briefträger«, sagte er. »Ich habe mit den Herren aus Linz geredet, und deshalb habe ich jetzt einen Vorschlag.«

Mit den Herren aus Linz meinte Hennerbichler seine Vorgesetzten. Eigentlich war es nicht so, dass er mit den Herren redete, sondern eher umgekehrt. Sie redeten mit ihm. Er war jedes Mal so aufgeregt, dass er kaum ein Wort herausbrachte, und wenn, teilte er ihnen immer nur mit, dass er zu hundert Prozent ihrer Meinung war.

Mein Vater verstand diesen vorauseilenden Gehorsam überhaupt nicht. Er duckte sich vor niemanden. Auch jetzt war er dementsprechend unbeeindruckt. »Und?«, fragte er.

»Ich habe erreicht, dass du einen schönen Posten hier im Amt bekommst und nicht mehr bei Wind und Wetter durch diese raue Gegend fahren musst.« Karl, der den Job bisher gemacht hatte, wollte sich wieder mehr seinem Bauernhof widmen und mehr für die Herrschaft arbeiten.

Stille. Mein Vater musste sich erst sammeln. »Wieso das denn?«, fragte er. Er konnte die Antwort schon erahnen. Es war Mitte August, und pünktlich Ende September schickten die hohen Herren aus Linz immer die Durchrechner nach Liebenau. Die Briefträger mussten die Durchrechner dann einen Tag mitnehmen. Sie saßen mit der Stoppuhr neben ihnen und trugen in Listen ein, wie viele Minuten sie pro Haus und Zustellung brauchten. Ziel der Übung würde wie immer der Beleg sein, dass dieselbe Arbeit auch weniger Briefträger verrichten konnten. Diese Erkenntnis passte ihnen besonders gut in die Vorweihnachtszeit. Dann argumentierten sie generös, dass sie vielleicht doch keinen viertel- oder halben Posten streichen müssten, wenn die Briefträger im Gegenzug bei der Auslieferung der Weihnachtspakete auf ihre Zulagen verzichteten. Die Diskussion kam jedes Jahr so zuverlässig wie Weihnachten selbst. »Hennerbichler, der Kollege Wirrer und ich, wir haben die Durchrechner schon im Griff und es ist eine Sauerei, dass sie im

Sommer durchrechnen, wo bei uns doch die Winter so widrig sind«, sagte mein Vater. »Die schreiben uns nicht vor, wie wir auf tausend Metern Seehöhe die Post zustellen.«

»Beruhige dich«, sagte Hennerbichler. »Trink einen Schluck Tee.«

Es war ein »lediger« Tee. So nannten die Liebenauer Tee ohne Zusatz von Rum oder Schnaps. Er griff zur Tasse, erklärte, er müsse kurz austreten, und nahm im Nebenzimmer aus dem Schrank mit den Putzutensilien die Rumflasche, wo sie seine Kollegen ganz hinten versteckt hatten. Hennerbichler durfte von dem Rum nichts wissen. Es hätte ihn nervös gemacht. Die Herren aus Linz hätten ja theoretisch ungemeldet vorbeikommen und den Rum entdecken können. Praktisch passierte das nie, und wenn sie kamen, waren ihre Augen immer nur auf die Stoppuhren gerichtet.

Mein Vater setzte sich mit dem Tee, dem der Rum jetzt Geschmack verlieh, wieder zu Hennerbichler. Er mochte den groß gewachsenen Mann, der stets adrett gekleidet war und immer saubere Schuhe trug, obwohl seine Kunden sie nie sehen konnten. Seine Füße steckten ja immer unter seinem Schreibtisch am Schalter. Hennerbichlers weiße Hemden waren immer steif von der Bügelstärke und blütenweiß wie die Papiere auf seinem Tisch. Wenn Hennerbichler auf die Toilette ging, die keine zehn Schritte von seinem Schaltersessel entfernt war, knöpfte er sich immer beim Aufstehen sein Sakko zu. Meinen Vater amüsierte das immer. »Fritzl, du sollst nicht mehr bei der Kälte raus müssen«, sagte Hennerbichler. »Wir wissen beide, dass es bei uns acht Monate im Jahr kalt ist. Du wirst nicht mehr im Winter mit dem Moped im Schnee stecken bleiben und wegen solchen Dingen Stunden zu spät nach Hause kommen, ohne diese Überstunden bezahlt zu bekommen«, erklärte Hennerbichler mit ernster Miene. »Im Innendienst kannst du dir auch deine Rettungsdienste viel besser einteilen. Auch eine Ausrückung bei der Freiwilligen Feuerwehr kannst du dann im Notfall mitmachen, weil es ja von hier nur 200 Meter bis zum Feuerwehrhaus sind.«

»Was wäre ich dann hier im Amt?«, fragte mein Vater.

»Postsekretär«, sagte Hennerbichler. »Du würdest am Schalter mithelfen. Über die Arbeit am Computer musst du dir keine Sorgen machen. Das wirst du nach und nach lernen. Dein Fixgehalt wird doppelt so hoch sein wie jetzt.«

Hennerbichler erwartete sich wahrscheinlich einen Freudensprung meines Vaters. Doch der blieb unbeeindruckt sitzen. »Hennerbichler, lass mich drüber nachdenken«, sagte er. »Danke, dass du dich für mich eingesetzt hast«, fügte er noch hinzu. Er wusste, dass das nicht ganz so gewesen war. Aber Hennerbichler war trotzdem ein guter Kerl. Nur etwas ängstlich den Herren aus Linz gegenüber. »Wenn die Linzer anrufen, brennt der Hut«, sagte Hennerbichler immer. Wenn er sie in der Leitung hatte, stand er stocksteif mit durchgestreckten Knien am Telefon. »Fritzl, überleg es dir«, sagte Hennerbichler. »Bis morgen Abend muss ich den Linzern Bescheid geben.«

Vor meinem Vater lag eine schlaflose Nacht. Nicht wegen des Rettungseinsatzes, wegen dem er Hennerbichler um Eile gebeten hatte. Den gab es gar nicht. Sondern weil er ernsthaft überlegte, das Angebot anzunehmen. Wer ein Angebot der hohen Herren ausschlägt, kriegt kein zweites, hatte Hennerbichler einmal gesagt. Ob das der Wahrheit entsprach, oder auch nur eine Art vorauseilender Gehorsam war, hatte in Liebenau noch niemand ausprobiert. Zumindest konnte sich mein Vater an niemanden erinnern.

»Was bist du heute so nachdenklich?«, fragte ihn meine Mutter vor dem Schlafengehen.

»Ich denke über eine grundsätzliche Frage nach«, sagte er.

Meine Mutter musste noch einen Brief einer alten Dame an die Pensionskasse fertig schreiben. »Welche

Frage?«, erkundigte sie sich.

»Was eine Karriere ist.«

»Und?«, fragte meine Mutter.

Mein Vater antworte nicht, aber das merkte sie nicht. Anschließend lag er mit offenen Augen im Bett. Das hohe Fixgehalt fand er verlockend. Die Haushaltskasse hätte es gut vertragen können. Er malte sich eine Zukunft aus, in der er nicht mehr mühselige Nebenjobs wie Balkone streichen annehmen müsste. Mit seinem Briefträger-Grundgehalt allein hätte er seine Familie kaum ernähren können. Den Unterschied machten die Zulagen und die kleinen Hilfsdiensten aus. Zu Weihnachten verdiente er allein durch die Zulagen, dreimal so viel wie in schlechten Sommermonaten. In den schlechten Sommermonaten verdiente er mit Gelegenheitsjobs etwas dazu. Über diese Jobs schimpfte er immer. Es war mühselig, die Bretter und Balken abzuschleifen, zu streichen und danach wieder alles zu reinigen. Ich wusste es, weil ich ihm oft dabei half. Aber je länger er an diesem Abend über solche Nebenjobs nachdachte, desto mehr merkte er, dass er selbst diese mochte. Nicht wegen der Arbeit, sondern wegen den Menschen, für die er sie erledigte.

Doch da waren auch noch die kalten Winter mit den Schneeverwehungen. Hennerbichler hatte Recht. Regelmäßig blieb er mit seinem Moped im Schnee stecken. Später dann mit seinem Dienstwagen, einem klapprigen Fiat Panda, den er gegen das Moped ausgetauscht hatte. Die Temperatur im Auto entsprach etwa der Außentemperatur. Der eiskalte Wind pfiff einfach durch die Blechkiste hindurch. Mein Vater hatte trotz dicker Wollsocken immer eiskalte Zehen. Oft brauchte er Stunden, um sich daheim am Ofen aufzuwärmen.

Auch den ganzen nächsten Tag über war mein Vater nachdenklich. Nach seiner Tour fuhr er nicht direkt zum Postamt. Er legte einen Zwischenstopp ein, in Liebenau Nummer 86, unserem Haus. Dort holte er für sein Treffen mit dem Postdirektor eine Thermoskanne Kaffee ab. Zwei Mal in einer Woche wollte er nicht Hagebuttentee trinken.

Im Postamt hatte er das Gefühl, dass auch Hennerbichler angespannt war. Er sortierte seine Utensilien sogar etwas schneller in den Tresor als an anderen Tagen. Nachdem mein Vater mit seinen Abrechnungen fertig war, setzte er sich zu Hennerbichler an den Tisch und schenkte zwei Tassen Kaffee ein. »Hennerbichler, ich hab mir überlegt, wie viele Sommer ich noch arbeiten werde«, sagte mein Vater.

Hennerbichler schaute verdutzt. Das Problem für die Briefträger waren wirklich nicht die kurzen Sommer, sondern die langen Winter. Mein Vater hatte noch 16 solche Winter vor sich, bis er in Pension gehen würde. Das hatten beide schon ausgerechnet. »Du solltest lieber an die Winter denken, Fritzl«, sagte der Postdirektor. »Du weißt, wie sie sind.«

»Das schon, aber nach jedem Winter kommt wieder ein Frühling und ein Sommer«, sagte mein Vater. Wenn ich im Amt sitze, kriege ich davon fast nichts mehr mit.«

Hennerbichler sah ihn fragend an. Er verstand gar nichts.

Mein Vater erklärte es ihm. Er liebte es, durch die Wälder und über die Schotterstraßen zu fahren. Speziell zu jener Jahreszeit, in der das triste Grau des Winters zurück wich und die Bäume wieder grün wurden. Er wollte draußen sein, wenn die Sträucher und Krokusse Knospen bekamen, die Schneeglöckchen auftauchten und die Wiesen wieder im saftigen Grün standen. Er wollte das frisch geschlagene Holz riechen, wenn die Förster im Wald arbeiteten. Oder auch nur den Duft, den ein warmer Sommerregen über das Hochplateau legte. Das alles wollte er nicht missen, und schon gar nicht die Menschen, die er jeden Tag besuchte und die ihm über die Jahre zu Freunden geworden waren.

Wäre er im Amt gesessen, hätte er es zwar zwölf Monate im Jahr warm gehabt, aber er hätte viele der Menschen, vor allem die Alten, die ihre Höfe nur noch selten verließen, so gut wie gar nicht mehr getroffen. Er hätte nicht einmal mehr gewusst, wie es ihnen ging und was sie bewegte. Das wäre für ihn kein erfülltes Leben gewesen. Auch nicht, wenn er dafür mehr Geld aufs Konto bekommen hätte.

Der entscheidende Punkt, den er später auch meiner Mutter und mir mitteilte, war: Wer die Dinge, die er liebte, für mehr Bequemlichkeit oder mehr Geld aufgab, musste verrückt sein. Jeder hatte nur dieses eine Leben, und wer es verkaufte, war selber schuld, wenn nichts daraus wurde. Mit seinem Wesen wäre er im Postamt weder erfolgreich noch glücklich geworden. Er hätte das Beste in seinem Berufsleben für die, nur vermeintlich seelig machenden Verheißungen, der in den vergangenen Jahrzehnten auch in Liebenau entstandenen Wohlstands- und Komfortgesellschaft, geopfert. Er hatte gegenüber vielen anderen Menschen noch dazu den unbezahlbaren Vorteil, dass er ganz genau wusste, was seine Lebensqualität ausmachte. Umso dümmer wäre er gewesen, sie aufzugeben.

Hennerbichler konnte das nicht nachvollziehen. Er kam jeden Tag ins Postamt und war zufrieden damit. »Aber Fritzl, du wirst doch nicht dein ganzes Leben lang immer dasselbe machen wollen«, sagte er.

Jetzt wurde mein Vater ärgerlich. Hennerbichler hatte wirklich gar nichts verstanden, fand er. »Pass auf, Hennerbichler«, sagte er. »Das Einzige, was sich bei dir hier drinnen ändert, ist das Datum auf deinem Stempel.«

Hennerbichler riss die Augen auf und rutschte mit seinem Sessel von meinem Vater weg.

Der war noch nicht fertig. »Jeden Tag liegt alles, vom Kuli bis zum Stempelkissen, am gleichen Platz. Du gehst wie die Rindviecher jeden Tag den gleichen Trampelpfad, und um 16 Uhr drehst du das Licht ab und gehst nach Hause.«

Der Postdirektor klammerte sich an seinen Drehsessel. Er schnappte nach Luft. Es fehlten ihm die Worte. Mit so einer Reaktion hatte er offenbar nicht gerechnet. Sie brachte ihn aus der Fassung, wohl auch, weil mein Vater eigentlich Recht hatte. Um Punkt 16 Uhr drehte Hennerbichler immer alle Lichter im Postamt ab. Nur das kleine Nachtlicht über dem Tresor ließ er brennen, das als Schutz gegen Einbrecher dienen sollte, und dessen Sinnhaftigkeit schon lange niemand mehr hinterfragt hatte. Es wurde schon immer so gemacht, und damit fertig.

Danach fuhr Hennerbichler nach Hause. Pünktlich um 16.15 Uhr saß er jeden Tag zuhause bei seiner Familie am Esstisch. Um 16.45 räumte seine Frau den Tisch ab. Kam eines der Kinder zu spät, bekam es kein Essen mehr, erzählten die Leute. Wer zu spät kommt, den bestraft das Leben, hieß es bei den Hennerbichlers. Am nächsten Tag ging Hennerbichler wieder ins Amt, blieb bis 16 Uhr, und saß eine Viertelstunde später wieder am gedeckten Tisch. Damit glich ein Tag dem anderen. Was daran so schlecht sein sollte, verstand er selbst nicht.

Mein Vater war ein anderer Mensch. »Den Hintern bekommst du wie die Rindviecher nur hoch, wenn es brennt, sprich, wenn die Herren aus Linz kommen«, sagte mein Vater.

Hennerbichlers Augen weiteten sich auf die Größe von Eierbechern.

»Du buckelst wie ein Rollmops, wenn sie ihr Auto vor deinem Fenster parken«, sagte mein Vater. »So bin ich nicht, so werde ich nie sein und so will ich gar nicht sein.« Damit war er mit seiner Rede fertig.

Hennerbichler war heillos überfordert. Er musste sich wohl eingestehen, dass sein Lieblingsbriefträger auch im letzten vorgebrachten Punkt nicht Unrecht hatte. Allmählich dämmerte ihm wahrscheinlich, dass er für die Herren aus Linz schlechte Nachrichten hatte und mein Vater den Job nicht annehmen würde. Umso blöder für ihn, dass er ihnen bestimmt schon vorauseilend versichert hatte, dass die Versetzung eine großartige Idee sei und Fritzl das Angebot sicher dankend annehmen werde.

Er tat meinem Vater schon fast leid, aber er war nicht umzustimmen. Er hatte seine Entscheidung getroffen, aus dem Bauch heraus, und nicht aus ökonomischen Gründen. Er versuchte noch einmal zu erklären, warum. »Von außen betrachtet ändert sich bei meinem Job nur das Datum auf den Briefen, da hast du Recht«, sagte er. »Aber für mich ist kein Arbeitstag wie der andere, auch wenn die Tour immer die gleiche ist.«

Es passierte jeden Tag etwas im Leben der Menschen, die er besuchte. Oft waren es nur Kleinigkeiten, dann wieder große Einschnitte im Leben, wie Geburten oder Todesfälle. Die Menschen waren jeden Tag mit anderen Freuden und Sorgen beschäftigt, kein Tag glich dem anderen. Mein Vater war mitten im Leben. Auch wenn er nach außen hin immer der gleiche Briefträger war, entwickelte er sich dabei innerlich weiter.

Er mochte die Sturköpfe der Gemeinde wie den Geruch des Frühlings. Wenn er mit dem Moped und später mit dem Auto durch den Wald fuhr, war das für ihn ein Gefühl von Freiheit. Er liebte den Geruch von Kaffee, den eine Kundschaft für ihn bereitstellte, und er liebte es, einfach ein bisschen länger sitzen zu bleiben, wenn ein Freund Gesellschaft brauchte. Er half den Alten das Brennholz von der Scheune zu holen, nicht aus Großzügigkeit, sondern weil es ihm Spaß machte. Sie waren ihm für die Hilfe trotzdem dankbar, das sah er in ihren Augen. Solche Momente der aufrichtigen Dankbarkeit bedeuteten ihm mehr, als ein paar zusätzliche Geldscheine im Monat. Nicht zuletzt hatten diese Menschen ihn zu einem fixen Bestandteil der Liebenauer Gesellschaft gemacht, und dafür war er ihnen seinerseits dankbar. All das war ihm in der vergangenen Nacht klar geworden.

Es folgte eine Gesprächspause. Beide Männer waren in ihre Gedanken versunken. Der Postdirektor hatte verstanden. Er nahm den letzten Schluck von seinem Kaffee. Es war schon fast halb fünf, aber er erhob sich trotzdem nicht, um nach Hause zu gehen. »Hennerbichler, komm, jetzt trinken wir noch zusammen ein Kracherl«, schlug mein Vater vor.

Die Flaschen standen nicht wie der Rum bei den Putz-Utensilien, sondern hinter einem geblümten Vorhang in der Sortierkammer. Mein Vater öffnete zwei mit einem Feuerzeug und kam damit zurück zum Postdirektor. »Prost, Hennerbichler, auf dass wir weiter so gut zusammenarbeiten«, sagte er.

Der Postdirektor sah auf die Uhr. Er prostete meinem Vater zu und nahm einen großen Schluck. »Danach muss ich aber wirklich los«, sagte er. »Meine Frau wartet mit dem Essen.«

Eine Stunde später war ihm das Essen zuhause auch schon egal und seine Nervosität hatte sich gänzlich gelegt. Hennerbichler war jetzt nicht nur gelassen, sondern regelrecht ausgelassen. Er wusste, dass seine Frau den Tisch längst abgedeckt hatte. Essen würde er heute ohnehin keines mehr bekommen und schimpfen würde sie sowieso. Er konnte also ruhig noch ein bisschen sitzen bleiben.

Im Postamt brannte längst nur noch das Nachtlicht über dem Tresor. Im Schein der Lampe saßen die beiden Männer, vor ihnen immer mehr geleerte Kracherlflaschen. Sie lachten über gemeinsame Erlebnisse und über die Herren aus Linz. Wenn sie zum Stoppen der Zustelltouren kamen, fuhren die Postler immer wie die Feuerwehr mit ihnen von Haus zu Haus. In den Kurven konnte den Durchrechnern dabei schon einmal schlecht werden. Sie steckten die Post in Briefkästen, was sie sonst nie taten. Alle brachten die Post sonst ins Haus und wechselten dabei ein paar Worte mit den Bewohnern. Nicht wenn die Durchrechner dabei waren. Dann gönnten sie sich keine einzige Pause. Trotzdem brauchten sie für ihre Touren immer länger, als es in den Listen der Durchrechner vermerkt war. Denn sie fuhren mit den Durchrechnern immer die offiziellen Wege. Sie nahmen keine einzige Abkürzung und ließen kein einziges Haus aus, das an diesem Tag nichts als ein mickriges Prospekt bekam. Den Durchrechnern, allesamt nicht ortskundig, war es immer ein Rätsel, wie sie so schnell unterwegs sein konnten.

Nach dem dritten Bier amüsierte das auch Hennerbichler. Sonst schlotterten ihm immer die Knie, weil er Angst hatte, dass die Herren aus Linz seinen Briefträgern auf die Schliche kommen könnten.

Es war schon kurz vor Mitternacht, als die beiden das Postamt verließen. Hennerbichler, der weniger geeicht war als mein Vater, ging schon stark schwankend. Er grinste dabei über das ganze Gesicht. Einfach mit einem Freund sitzen zu bleiben und mit ihm Kracherl zu trinken, die gar keine waren, so etwas hatte er wahrscheinlich seit Jahren nicht mehr gemacht.

»Weißt du, was Karriere bedeutet?«, fragte ihn mein Vater.

Hennerbichler erwartete offenbar, einen Witz erzählt zu bekommen. »Schieß los«, sagte er.

»Karriere bedeutete, das zu tun, was wir am liebsten tun, und dabei jeden Tag besser zu werden.«

Hennerbichler hatte nicht zugehört, weil er gerade etwas in Richtung der Gehsteigkante gemurmelt hatte, über die er gestolpert war. Da es für ihn aber ein Witz gewesen war, den mein Vater gerade zum Besten gegeben hatte, nutzte er die Gelegenheit, um schallend zu lachen. Es klang ein bisschen nach Grölen, und Hennerbichler war gerade nach Grölen. Er klopfte meinem Vater auf die Schultern. »Wir sind schon zwei wilde Hunde«, sagte er.

Auch wenn meine Eltern immer die gleiche Tour absolvierten, glich tatsächlich kein Tag dem anderen. Sie wussten nie, was sie beim nächsten Haus erwarten würde. Wenn sie eine Tür öffneten, befanden sie sich oft unversehens inmitten eines Dramas.

Manchmal waren es nur kleine Dramen. So bogen mein Vater und ich einmal am ersten Tag nach seinem Urlaub zum Hof des Bauern Gustl ab. Gustls Hund lag hechelnd unter einer schattenspendenden Kastanie. Es war so heiß an diesem Augusttag, dass er nicht einmal aufstand, als wir knatternd vorfuhren.

»Fritzl, bin ich froh, dass du wieder da bist.«

Der Hund war zwar liegen geblieben, dafür lief uns der Hausherr persönlich entgegen. Sein verwaschener Arbeitskittel war ölverschmiert, ebenso wie seine Hände. Die Haare standen ihm zu Berge.

»Ist was passiert?«, fragte mein Vater.

Der Bauer schimpfte. »Deine Vertretung war nicht auszuhalten«, sagte er. Er zeigte auf seinen Traktor, der vor der Wagenhütte stand.

Um den Traktor lagen, auf einem alten Leintuch verteilt, die Bestandteile des Getriebes. Gustl war offenbar gerade dabei, es auseinander zu nehmen. Weil er nicht der Geschickteste war, war er jetzt voll Öl.

Mein Vater konnte nicht verstehen, was das alles mit seiner Urlaubsvertretung zu tun hatte. Ich auch nicht.

»Sie haben einen Studenten aus Linz geschickt«, sagte Gustl. »Der Trottel hat die Post tatsächlich in den Postkasten gesteckt. Das müsst ihr euch vorstellen! Nur durch Zufall habe ich sie drei Tage später gefunden. Eine Katastrophe.«

Seit meine Mutter fixe Briefträgerin war, gab es keinen Springer mehr im Ort.

Gustl war richtig aufgebracht, weil der Student die Post in den Postkasten gesteckt hatte. In anderen Teilen der Welt war das nicht außergewöhnlich, in unserer Landgemeinde schon. Zu jener Zeit übergaben die Briefträger die Post eben persönlich, und daran waren die Liebenauer gewöhnt. Kein Mensch sah im Postkasten nach.

Mein Vater bekam Mitleid mit dem Studenten, über den der Bauer so schimpfte. Er nahm die Schuld auf sich. Er hätte ihm das besser erklären müssen, sagte er.

Es war ja auch ganz einfach. Die Postkästen hingen nur deshalb an den Haus- und Stadelwänden, weil die Durchrechner aus Linz einmal auf die Idee gekommen waren, dass es Personal sparte, wenn die Briefträger die Post in einen Briefkasten steckten, statt in jedes Haus zu gehen. Es gab einen Aufstand in der

Bevölkerung, weil niemand einen Briefkasten hatte oder haben wollte. Einer der Herren in Linz beschloss unbeirrt, dass nur noch jene Kunden Post zugestellt bekommen würden, die einen Postkasten hatten. Alle anderen müssten sich ihre Briefe und Zeitungen ab sofort im Amt abholen.

Das war die Theorie. In der Praxis hingen nun zwar überall Postkästen, aber die waren immer leer. Die Briefträger gingen nach wie vor in die Häuser. Der Student aus der Stadt hatte das nicht wissen können. »Was hat das mit dem Traktor zu tun?«, fragte mein Vater.

»Der würde längst wieder laufen, wäre nicht dieser Student gewesen.«

Der Bauer hatte tagelang auf ein Getriebezahnrad für seinen kaputten Traktor gewartet. Er hatte es beim Lagerhaus in Linz bestellt. Dann sah er den Briefträger tagelang nicht und ärgerte sich mächtig über das lahme Lagerhaus. Schließlich drängte die Zeit. Er musste vor dem nächsten Regen seine Arbeit auf dem Feld erledigen.

In seiner Verzweiflung wollte er seinen alten Traktor nehmen. Der stand in der Wagenhütte neben dem Heuwagen, den er auch selten brauchte.

Am Tor zur sonst unbeachteten Wagenhütte hing auch der Postkasten. So fiel Gustl auf, dass der Postkasten vollgestopft mit Post war. So voll, dass die Gutscheine zerrissen, als er die Prospekte über die scharfe Kante herauszog. Das auch noch. Gustl hörte schon seine Frau schimpfen. Doch das Ärgste war, dass mitten im Stapel der Paketzustellzettel des Lagerhauses steckte. Datiert mit Montag. Er hatte dort also schon drei Tage lang gesteckt, als er ihn endlich fand.

Gustl schimpfte immer weiter. »Auf die blöde Idee, so etwas in den Briefkasten zu stecken, kann auch nur ein Studierter kommen«, sagte er. »Noch einmal passiert mir das nicht. Ich habe den blöden Postkasten jetzt zugeleimt. Da steckt nie wieder jemand einen Abholschein rein.«

Die Liebenauer hatten oft originelle Lösungsansätze.

Manchmal waren es große Dramen, wie jenes der schwer gestürzten Mizzi, die wahrscheinlich gestorben wäre, wenn mein Vater nicht Verdacht geschöpft und sie gefunden hätte.

Manchmal waren es schöne Dinge, an denen meine Eltern unversehens teilnahmen. »Ich kenne meine Zeitgenossen, hier stimmt doch etwas nicht«, sagte mein Vater einmal, als wir zum Hof des Bauern Jogg kamen. Es war einer der Ersten, die er frühmorgens besuchte, und der Bauer empfing uns gewöhnlich im Hof. Doch an diesem Tag war er nirgends zu sehen.

Auch in der Küche brannte kein Licht und die Haustür war fest verschlossen.

Mein Vater suchte Jogg im Stall. Auch dort war niemand, und die Blechtür, die vom Stall ins Haus führte, war ebenso abgeschlossen. Mein Vater ging ums Haus. Seine Rufe verhallten ungehört. Das allein hätte weder meinen Vater noch mich verwundert, denn der alte Mann hörte schlecht. Seine ebenso alte Frau hörte sogar noch schlechter als er.

Mein Vater ging wieder in den Stall und trommelte mit den Fäusten an die Blechtür, die zum Haus führte. Ich stand draußen beim Moped und konnte es deutlich hören. Aber im Haus regte sich nichts. Jetzt wurde auch ich nervös. Hier schien tatsächlich etwas passiert zu sein.

Es wäre nicht das erste Mal gewesen, dass ein alter Mensch einen Unfall im Haus gehabt hätte und hilflos in einem der Zimmer lag. Mein Vater rief mir zu, dass er die Polizei und Rettung verständigen würde, wenn wir das alte Ehepaar nicht selbst finden würden. Ich war ihm in den Stall gefolgt und stand nun hinter ihm bei der Blechtür.

Gerade wollten wir uns umdrehen und auf dem schnellstem Weg zum nächsten Telefon fahren, da riss jemand die Blechtür auf. Es war der alte Bauer. »Fritzl, bist du verrückt? Was machst du denn für einen Wirbel?« Er war hellwach und bei bester Gesundheit.

Mein Vater stammelte, dass er sich Sorgen gemacht hätte. Jogg lächelte selig. Er hatte das Haus an diesem Tag noch nicht verlassen.

»Wir sind in einem Ausnahmezustand«, sagte er. »Am Wochenende ist unser erstes Enkelkind gekommen. Jetzt sitzen wir mit unserer Tochter im ersten Stock und wiegen das Kind in den Schlaf.«

Das Trommelkonzert meines Vaters hatte den Enkel wieder aufgeweckt.

»Kommt hoch und seht euch den Kleinen an. Fast vier Kilo wiegt er.«

Schon führte er uns die Stiegen in den ersten Stock des Hauses hinauf. Wir verließen danach den Hof mit dem Auftrag, jedem im Dorf zu erzählen, dass das alte Ehepaar nun einen Enkel hatte.

Manchmal waren es skurrile Szenen, in die meine Eltern gerieten. So etwa, als mein Vater und ich eines Tages die »Postdrehscheibe Liebenstein« aufsuchten, wie mein Vater den Kaufmann Haubner, dessen Laden in der zur Gemeinde Liebenau gehörenden Ortschaft Liebenstein lag, nannte. Das Geschäft befand sich gleich an der Hauptstraße in unmittelbarer Nähe zur Schule. Es war nach heutigen Maßstäben eine Gesamtschule. Sie hatte nur eine Klasse und nur ein Klassenzimmer, in dem ein Lehrer elf Kinder in vier verschiedenen Schulstufen unterrichtete. Für den Turnunterricht schoben sie einfach die Stühle und Bänke zur Seite. In der Nähe der Schule und des Ladens standen sechs weitere Häuser. Sonst gab es weit und breit nur Felder und Wälder.

Haubner war ein genialer Kaufmann. Sein Geschäft war winzig, und umso höher türmten sich in den Regalen Lebensmittelkonserven, Süßigkeiten und Schreibwaren neben Putzmitteln, Klopapier, Langlaufskiern, Eisstöcken und Shampoos. In der kleinen Kühlvitrine neben der großen Schneidemaschine lagen Würste, Käse und frisches Fleisch. Alles in großen Blöcken, von denen Haubner der Kundschaft je nach Wunsch Scheiben oder ganze Stück abschnitt.

Auf einem kleinen Tisch daneben gab es Obst, meist Bananen. Äpfel hätte niemand gekauft. Die hatte jeder kistenweise selbst daheim. Zudem war Haubner der einzige Kaufmann in der Gegend, der Kleider führte, insbesondere Herrenhosen und Herrenhemden in Einheitsgrößen. Sie hingen auf einem schmalen Kleiderständer in einer Ecke des Ladens.

Sehr modebewusst waren die Liebenauer Männer damals nicht. Sie kauften die Hosen auch, wenn sie zu groß waren. Dann schnallten sie einfach den Gürtel enger und krempelten die Hosenbeine hoch.

Doch an diesem Tag bekam der alte Toni, der wieder einmal in einer viel zu langen Hose steckte, in bereits leicht angeheitertem Zustand einen Anfall von Eitelkeit. »Geh, Fritzl, nimm die Hose mit und sag der Christl, sie soll sie, sagen wir mal, zehn Zentimeter, kürzen.« Jeder in der Gegend wusste, dass meine Mutter gelernte Schneiderin war. »Ich bringe mich sonst noch einmal um, wenn ich immer auf die Stulpen steige.« Er wandte sich an mich. »Deine Mutter wird schon wissen, wie groß ich ungefähr bin. Stimmt doch, Oskar, oder?« Als er lächelte, kam sein lückenhaftes Gebiss so richtig zur Geltung.

Ich bezweifelte, dass seine Angaben präzise genug waren.

»Na gut«, sagte er. »Dann zeichne ich eben an, wo sie die Hose abschneiden soll.«

Unter dem Gejohle seiner Nachbarn holte er sich ein Stück Schneiderkreide, die ebenfalls zum Sortiment des Ladens gehörte. Damit in der Hand streckte er, noch immer auf der Eckbank sitzend, ein Bein in die Luft. Weil er nicht mehr so gelenkig war, musste er das Bein anwinkeln, um in Knöchelhöhe einen Strich ziehen zu können. »So, jetzt haben wir eine genaue Markierung«, sagte er, als er fertig war.

Ein paar Schulkinder kamen herein. Als sie meinen Vater sahen, stürzten sie sich sofort auf ihn. Er war ihr Held, weil er immer eine Hand voll Bonbons ausgab. Die Bonbons standen in einem großen Glas neben der Kassa, an der die Großmutter der Haubners mit ihren aschenbecherdicken Hornbrillen saß. Die pickigen Zuckerl aus Karamell, die mein Vater gleich darauf verteilte, gab es damals noch stückweise. Was diese und andere häufig verkaufte Dinge kosteten, wusste die betagte Kassiererin auswendig. Bei weniger gängigen Artikeln verließ sie sich auf die Ehrlichkeit ihrer Kunden, die ihr die Preise vorlasen. Trotz ihrer dicken Brillengläser waren die Preisschildchen nicht mehr groß genug für sie.

Ein Mädchen, das gleich einen Korb voller Kleinigkeiten für seine Mutter einkaufen musste, brachte die Frau, die schon in ihrer Jugend nicht die beste im Rechnen gewesen war, an ihre Grenzen. Kaufte jemand mehr als fünf Dinge auf einmal, brauchte sie ebenfalls Hilfe. Sie winkte meinen Vater heran. »Geh, Fritzl, rechne du aus, was das alles kostet.«

Inzwischen hatten sich Tonis Freunde von dessen Modebewusstsein inspirieren lassen. Der Laden war ein perfekter Vorwand für Männer, die sich daheim verdrücken wollten. Mit dem Argument, dass sie mit dem Kaufmann reden mussten, weil irgendetwas aus- oder kaputtgegangen war. Schließlich konnte Haubner, auch was er nicht auf Lager hatte, besorgen. Es schien nichts zu geben, das er nicht besorgen konnte. Von einer sechs Meter langen Leiter bis zu einer neuen Gasflasche oder einem Paar Ski. Grund dafür waren seine allwöchentlichen Ausflüge nach Linz in den Großhandel. Bis in die Landeshauptstadt kamen alle anderen Männer damals nur in seltenen Ausnahmen.

Der Kaufmann hatte, im Bewusstsein, dass der Laden ein wichtiger Treffpunkt war, eine kleine Eckbank und ein Tischchen zum Tarotspielen darin aufgestellt. Mein Vater nützte die »Postdrehscheibe« Haubner, um Zeit wieder gutzumachen, die er unterwegs so großzügig liegen ließ. Wenn er Glück hatte, konnte er dort die Post für sechs oder sieben Haushalte abgeben. Je nachdem, wie viele Liebenauer sich gerade auf der Eckbank des Ladens drängten oder an der Kasse standen.

An diesem Tag waren es neben Toni noch vier. Vier Männer, die ebenso angetrunken waren wie er, und die jetzt auch chiquere Hosen haben und entsprechende Änderungswünsche bei meinem Vater deponieren wollten. Es ging bald zu, wie in einer grotesken Turnstunde. Die Männer streckten ihre Beine kreuz und quer durch den engen Raum, erwischten ihre eigenen Hosenbeine nicht und kamen einander dabei gegenseitig in die Quere. Ich sah ihnen zu, mit einer Dose Schartner-Bombe in der Hand im Türstock lehnend. Das ganze endete, indem mein Vater und ich mit fünf Hosen im Gepäck weiterfuhren und fünf lachende und herum schreiende Männer in Unterhosen heimgingen. Mein Vater hatte für solche Gelegenheiten eine Standardansage parat. »Nehmen wir das Leben wie es kommt, denn es ist meist anders, als wir denken.«

Manchmal ging es auch um Liebe. Die Briefträger wussten damals oft als erste Bescheid, wenn sich jemand verliebt hatte, weil sich die Menschen damals noch Liebesbriefe schickten. Wer frisch verliebt war, wartete deshalb besonders sehnsüchtig auf den Briefträger. Im Speziellen die Töchter, die noch bei ihren Eltern im Haus wohnten. Sie versuchten, die Briefe abzufangen, die sie von Verehrern bekamen. Schließlich sollten ihre Eltern besser nichts von den Liebschaften wissen.

Die Briefträger waren in solche Liaisonen oft eingeweiht und natürlich auf der Seite der frisch Verliebten. Wenn sie die Post brachten, legten sie den Stapel wie üblich auf den Küchentisch und unterhielten sich mit den Eltern. Liebesbriefe gaben sie extra ab. In einem unbeobachteten Moment steckten sie der Tochter den Brief ihres Verehrers zu. Auch mein Vater machte es so.

Bloß bei mir nicht, da nutzte er sein Wissen, um mich aufzuziehen, was ich erst viele Jahre später witzig finden konnte. Er kam eines Montagmorgens im strömenden Regen überraschend nach Hause, um seine klatschnasse Hose zu tauschen. »Oskar, gut, dass ich dich sehe«, sagte er wie beiläufig. »Heute ist ein parfümierter Brief gekommen. Für dich. Zu blöd. Jetzt hab' ich ihn im Postamt vergessen.«

Auf den Brief hatte ich seit Tagen gewartet. Das wusste auch mein Vater. Der Brief war von Petra, meiner Freundin in Heusenstamm, Deutschland, die nur zu Weihnachten, zu Ostern und im Sommer in Liebenau war. Petra mit den langen blonden Haaren. Seit einer Woche wartete ich auf Antwort auf meinen jüngsten Brief. Jetzt lag diese Antwort am Postamt. »Kannst du bitte den Brief rasch für mich holen?«, fragte ich ihn.

»Leider, leider, keine Zeit. Aber du kannst ja zum Postdirektor gehen und ihn fragen.« Schon war er wieder zur Tür draußen.

Die nächsten zwei Stunden verbrachte ich damit, bei jedem Auto, das bei unserem Haus vorbei fuhr, vom Sessel zu springen und die Gardinen zur Seite zu schieben. Aber keines war postgelb, alle hatten irgendwelche langweiligen Farben. Mein Vater hatte sich tatsächlich nicht erweichen lassen.

Ich würde wohl bis drei Uhr nachmittags warten müssen, bis mein Vater endlich mit dem Brief nach Hause kommen würde. Sofern er nicht irgendwo aufgehalten werden würde. Beim Kaufmann Haubner spielte er manchmal mit den Männern Tarot, und das konnte richtig lang dauern.

Um kurz vor zwölf, also kurz vor der Mittagspause des Postdirektors, nahm ich die Sache selbst in die Hand. Ich zog meine Gummistiefel und meine Regenjacke an und stapfte zum Postamt. Meine Mutter konnte mich nicht davon abhalten.

»Mein Vater hat gesagt, Sie haben einen Brief für mich«, sagte ich zu Hennerbichler.

Der grinste von einem Ohr zum anderen. »Dir gehört also der seltsam riechende Brief«, sagte er.

Ich fand das überhaupt nicht komisch.

Hennerbichler nickte. »Der Brief ist von der Deutschen für dich«, sagte er. »Aber leider, leider darf ich ihn dir nicht geben. Das dürfen nur die Briefträger.«

Ich drehte mich am Absatz um und verließ grußlos das Amt. Ich konnte erst ein paar Jahre später darüber lachen.

Manchmal waren die Dramen gar keine. So sah mein Vater eines Tages eine große Rauchwolke hinter einem Haus aufsteigen. Er befürchtete, dass die Scheune, in der Heu und Futtermittel lagerten, brannte. Das passierte manchmal, wenn die Bauern das Heu zu feucht in den Stadel brachten. Dann gärte es und im Inneren der Heuhaufen entstanden Temperaturen von neunzig bis hundert Grad.

Mein Vater kannte sich damit aus. Er war auch bei der Freiwilligen Feuerwehr und damit oft mit dem Temperaturmessgerät unterwegs. Das steckte er dann mittels einer meterlangen Stange in die Heuhaufen. War die Temperatur zu hoch, musste der Bauer das Heu umstechen. Eine Arbeit, die alle hassten. Sie war körperlich anstrengend und es staubte dabei so sehr im Stadel.

Er trat das Gaspedal seines gelben Fiat Panda durch und holte die volle Fünfundfünfzig-PS-Leistung aus der klapprigen Kiste. Beim Haus sprang er aus dem Auto und rannte hinein. In der Küche stand die Hausfrau und kochte seelenruhig Rindsuppe. »Fritzl, hast du etwas gestohlen oder warum rennst du so durch die Gegend?«, fragte sie ihn.

»Bei euch brennt es!«

Mein Vater war schon unterwegs zum Stadel. Auf dem Weg dorthin verlor er in seiner Hektik sogar seine Postkappe. Doch der Stadel brannte gar nicht. Der Rauch stieg hinter der Hofmauer auf. Das Tor war mit einem wuchtigen Balken versperrt. Mein Vater schob ihn mit einem Ruck hoch und das Tor sprang auf.

Hinter dem Verschlag stand der Bauer und schaute verdutzt. »Fritzl, du bist ja ganz außer Atem. Bist du auf der Flucht?«

Der Rauch kam aus dem Kamin der Selchkammer, die der Bauer in einem Geröllfeld aufgebaut hatte. Mein Vater zeigte auf den Rauch.

»Jaja«, sagte der Bauer. »Ich habe im Rauchfang ein ausgetrocknetes Vogelnest übersehen. Deswegen musst du nicht so ein Theater machen.«

Mein Vater ließ sich erschöpft auf einen großen Stein sinken.

Die Aufmerksamkeit, die mein Vater seinen Mitmenschen entgegen brachte, erwiderten sie auch. Einmal fuhren wir zu einer alten Frau, die in einem Holzhaus wohnte und vom Wasser dicke Beine hatte. Mein Vater war ihre Tageszeitung. Von ihm erfuhr sie, was in den umliegenden Häusern los war. Deswegen servierte sie ihm gerne eine Tasse Kaffee und einen ihrer hervorragenden Bauernkrapfen mit Marillenmarmelade. Wenn der Kuckuck um halb zehn aus ihrer großen Kuckucksuhr in der Stube schoss, hatte mein Vater seinen Kaffee meist ausgetrunken und musste weiter.

Wir sahen sie schon von der Einfahrt aus hinter dem Gitterkreuz ihres kleinen Küchenfensters, als wir an jenem Tag zu ihrem Haus einbogen. So schnell sie ihre Füße tragen konnten, kam sie aus dem Haus gelaufen.

»Was ist denn los mit dir?«, fragte mein Vater.

»Du bist gut. Ich hab mir Sorgen gemacht.«

Mein Vater hatte keine Ahnung, was sie meinte.

»Sonst bis du zum Kuckuck um neun da. Heute ist schon der Zehn-Uhr-Kuckuck da gewesen.«

»Ich hatte heute viele Einschreiber«, sagte mein Vater. Dabei schlug er denselben Tonfall an, den ich von zuhause kannte, wenn er meiner Mutter zu erklären versuchte, warum er aufgehalten wurde. Die alte Frau seufzte.

»Jetzt ist der Kaffee kalt.«

Mein Vater grinste. »Dann trinkst du ihn besser nicht mehr. Sonst wirst du mit deinen 82 noch schöner, als du schon bist.«

Sie lächelte und bat uns ins Haus. Auch diesmal gab es Bauernkrapfen. Da konnten wir nicht nein sagen. So viel Zeit hatten wir immer.

Mein Vater kleckerte beim Abbeißen Marillenmarmelade auf seine Briefträgerjacke. Jetzt lachte auch die alte Marta wieder. »Beim nächsten Haus weiß jeder, warum ihr heute so spät dran seid«, sagte sie.

Den Liebenauern entging nichts. Vermutlich auch nicht ein Marmeladefleck auf der Briefträgerjacke. In dieser Gegend passte zu jener Zeit jeder auf jeden auf.

Das erzählte er auch dem Reporter, der nach der Rettung von Mizzi kam, um über ihn zu schreiben. Der Journalist hörte bei diesem Punkt nicht genau zu. Er hatte eigentlich gefragt, wie viele Leben mein Vater auf diese Art schon gerettet hatte.

»Sieben oder acht«, sagte mein Vater. So genau wusste er es nicht.

»Das können nicht viele Menschen von sich behaupten«, sagte der Reporter.

»Ich kenne die Gewohnheiten der Menschen, denen ich täglich die Post bringe. Da fällt es mir natürlich auf, wenn etwas nicht stimmt.«

Der Reporter schrieb eifrig mit. Er fand das alles offenbar richtig spannend. »Ein Briefträger trifft jeden Tag so viele Menschen. Wo Menschen sind, kann immer etwas passieren. Deshalb bin ich immer auf alles vorbereitet«, sagte mein Vater. Das sei eine innere Einstellung.

Der Reporter hörte auf zu schreiben. »Das ist ihr Geheimnis?«, fragte er, anscheinend mehr aus Höflichkeit als aus Interesse.

»Das Geheimnis ist Achtsamkeit«, sagte mein Vater. Er fuhr sich durch die Haare. »Es geht darum, nicht in der Vergangenheit zu leben und nicht von der Zukunft zu träumen, sich nicht von Ängsten und Hoffnungen leiten zu lassen, sondern im Hier und Jetzt zu leben. Wer es so macht, tut im richtigen Moment am ehesten das Richtige.«

Der Stift des Reporters war am Schluss nur noch über dem Papier geschwebt, jetzt legte er ihn endgültig weg. »Vielen Dank«, sagte er. »Das wird ein richtiger Krimi.«

Die Dorffeste waren die Höhepunkte des Jahres. Meine Familie hat kein einziges versäumt. Schon deshalb, weil mein Elternhaus direkt neben dem Festplatz mit der Veranstaltungshalle stand.

Wenn die Liebenauer feierten, spielte die Musik bis in die Morgenstunden. Die wenigen passionierten Tänzer unter den Herren tanzten, bis die Musiker ihre Instrumente einpackten. Einer von ihnen war Herbert. Je fortgeschrittener die Stunde war, desto schwerer fand Herbert eine Tanzpartnerin. Das lag daran, dass er mit steigendem Alkoholpegel den Abstand zu seiner Tanzpartnerin immer mehr reduzierte. Obwohl er nur die Schritte einer Polka kannte, glich sein Körpereinsatz dabei bald dem eines Tangotänzers. Damit lieferte er bei jedem Feuerwehrfest verlässlich spätestens nach Mitternacht Show-Einlagen, die seine Zuseher stets von der Schnapsbar aus kommentierten.

Wurde gefeiert, hörte ich noch bei Sonnenaufgang das Gejohle der Gemeindebürger durch das geschlossene Fenster meines Zimmers. Legendär waren die Feste der Feuerwehr und des Roten Kreuzes, die auch so etwas wie eine Heiratsbörse waren.

Die Bank in unserem kleinen Steingarten diente dann als eine Art Séparée für frisch Verliebte. Die

Holzbank war vom Festplatz aus nicht einsehbar und zog deshalb junge Paare magisch an. Eines Morgens machte ich nach einem dieser rauschenden Feste einen wertvollen Fund unter der Gartenbank. Es war eine Damenbrosche mit in Gold gefassten Steinen. Wem sie gehörte, wusste ich natürlich nicht. Aber mein Vater hatte den Verdacht, dass ein bestimmter junger Mann aus einem Nachbarort ihre Besitzerin kennen musste. Denn seine Brieftasche lag neben der Brosche in der Wiese.

Mein Vater packte beides in seine Posttasche und stellte die glänzende, schwarze Kunstlederbrieftasche dem jungen Mann, der im Haus seiner Eltern wohnte, noch am selben Tag zu. »Schau, was ich gefunden habe«, sagte er. »Vielleicht gehört das dir, zumindest gehört der Führerschein in der Brieftasche dir.«

Er grinste, hatte aber immerhin genug Taktgefühl, um dem jungen Mann den Fund nicht vor den Augen seiner Eltern zu überreichen. »Ach ja, und vielleicht weißt du, wem die Brosche gehört, die ich gleich daneben gefunden habe.« Der junge Mann bekam einen hochroten Kopf. Er bedankte sich, nahm beides an sich und hatte es plötzlich sehr eilig.

Am Tag nach den Festen kehrte keine Ruhe am Festplatz ein. Immer waren ein gutes Dutzend Liebenauer in der Halle. Sie kehrten die Scherben der zu

Bruch gegangenen Gläser und Flaschen auf, rückten die Tische wieder zurecht, tranken den restlichen Inhalt der Bierfässer und legten das übrig gebliebene Fleisch auf den Grill.

Der große weiße Kühlwagen des Fleischhauers parkte zu solchen Anlässen immer direkt auf der Schotterstraße, die zu unserem Haus führte. Mein Vater kam nicht einmal mit dem Moped richtig daran vorbei. Ihm blieb also nichts anders übrig, als auch noch auf ein Bier in die Festhalle zu gehen.

Es war einer dieser Vormittage nach einem Feuerwehrfest, als ich, gerade einmal zwölf Jahre alt und noch aufgedreht von der Feststimmung, beschloss, meinen Vater zu überraschen. Sein Moped stand vor dem Kühlwagen, mein Vater an der Theke im Zelt. Ich versteckte mich hinter dem Kühlwagen. Wenn er losfahren würde, würde ich aus meinem Versteck von hinten auf das Moped springen. So lässig, wie es Lucky Luke bei seinem Pferd machte.

Ich hatte das schon geprobt. Es funktionierte einwandfrei, so wie bei den Bocksprüngen im Turnunterricht. Allerdings hatte ich den Stunt nur am stehenden Objekt ausprobiert. Das wurde mir zum Verhängnis.

Als mein Vater aus der Halle kam, auf sein Moped stieg und es startete, lief noch alles nach Plan. Er bemerkte mich nicht. Als er mit dem Moped zu dem abschüssigen Weg rollte, lief ich los. Ich lief immer schneller. Ich hatte die Beschleunigung des Mopeds unterschätzt. Nur mit Mühe bekam ich mit den Fingerspitzen den Gepäckträger zu fassen. Die Puch beschleunigte immer mehr und meine Schritte wurden immer größer. Bald hatte ich das Gefühl, meine Beine würden die Bodenhaftung vollends verlieren.

Es war nicht mehr daran zu denken, dass ich mich lässig wie Lucky Luke hinter meinem Vater auf das Moped schwingen würde. Statt ihn zu erschrecken, war ich nun selbst erschrocken, und ich war so außer Atem, dass ich keine Luft zum Rufen hatte.

Mit den Fingern klammerte ich mich noch immer an den Gepäckträger, obwohl mir mein Verstand sagte, dass ich besser einfach loslassen sollte. Doch ich war handlungsunfähig. Wie in Ohnmacht. Es war, als wäre ich gar nicht da gewesen und hätte als Unbeteiligter zugesehen, wie ich geradewegs ins Unglück lief, während mein Vater von dem kleinen Drama, das sich hinter seinem Gepäckträger abspielte, nicht die geringste Notiz nahm.

Der große Wachstein aus Granit, der am Ende der Einfahrt stand, rückte immer näher. Das Moped wurde noch schneller, ich lief immer gebückter, mit dem Gesicht immer näher am Boden. Der Wachstein verschwand aus meinem Blickfeld und statt ihm tauchten unter meinen Augen die vorbei rasenden Kieselsteine auf. Alles begann sich zu drehen, in einer Geschwindigkeit, mit der ich nicht Schritt halten konnte. Ich hatte den Zeitpunkt verpasst, an dem ich loslassen und mich noch auf den Füßen hätte halten können.

Als meine Finger endlich von dem Gepäckträger glitten, klatschte ich mit einem dumpfen Knall auf dem Boden auf. Ich landete auf dem Bauch und rutschte mit dem Gesicht voraus den Kieselweg hinunter. Mein Vater bog um die Kurve und verschwand auf der Hauptstraße. Ich fühlte mich elendig, gedemütigt und allein gelassen.

Als ich mich aufrappelte, zitterten meine Beine und mir war schwindelig. Meine Knie und meine Ellbogen waren aufgeschunden, meine Finger brannten, in meinem Kopf dröhnte es. Ich torkelte hinauf zum Haus und ließ mir beim Granitsteintrog, der in unserem Garten stand, das eiskalte Wasser über die pochenden Finger laufen.

Das klare Wasser im Trog verfärbte sich braun, mein Gesicht fühlte sich geschwollen an und zum Schwindel kam Übelkeit. Ich lief ins Haus, ins Badezimmer, um mir das Gesicht mit Seife zu waschen. Als ich die Horn-Seife, die am Waschbecken lag, in meine aufgeschundenen Hände nahm, schrie ich vor Schmerz auf. Sie brannte höllisch in meinen Wunden. Da kam auch schon meine Mutter ins Bad gelaufen. Sie wurde kreidebleich. »Um Himmels Willen, wie schaust du denn aus?«

Ich sah auf meine Knie. »Hingefallen«, sagte ich.

Meine Mutter hielt sich erschrocken die Hände vor den Mund. »Hast du schon in den Spiegel geschaut?«

Ich drehte mich zum Spiegel um. Es war wirklich fürchterlich. Ich sah aus wie eine rote Melone mit braunen, schwarzen und grauen Kernen. In meinem Gesicht klebten unzählige winzig kleine Kieselsteine, dazwischen einige größere. Ich sah nicht mehr aus wie ein kleiner Junge, sondern viel mehr wie ein Jugendlicher mit einem Stoppelbart. Zumindest auf der linken Gesichtshälfte und am Kinn, jenen Teilen, mit denen ich zuerst im Schotter gebremst hatte. Oben war mein Kopf weiß von der dicken Staubschicht, die sich über meine braunen Haare gelegt hatte. Ich stand unter Schock und spürte keine Schmerzen, nur dieses Gefühl von Demütigung.

Bis zu dem Moment, an dem meine Mutter mit dem Verbandskoffer und einer großen Flasche des Antiseptikums Merfen Orange vor mir stand. »Setz dich und trink einen Schluck Wasser«, forderte sie mich auf. Mit jedem Stück Verbandsmaterial, das sie aus dem Koffer nahm, wurde mir noch schlechter. Sie erklärte mir, dass sie die Steine entfernen und meine Wunden desinfizieren müsse. »Sonst beginnt die Wunde zu eitern und du findest keine Freundin mehr«, sagte sie.

Diesen Spruch hatte ich schon immer entbehrlich gefunden. In diesem Moment hatte ich außerdem andere Sorgen, als eine Freundin. Das Mittel brannte wie die Hölle. Ich saß am Badewannenrand und die Pinzette und die vielen Wattestäbchen, die meine Mutter auf das kleine Tischchen im Bad gelegt hatte, spannten meine Nerven zum Zerreißen. Ich ließ trotzdem alles über mich ergehen, mit fest zusammen gekniffenen Augen und Zähnen. In meinem Schock war ich nicht einmal in der Lage zu erzählen, was passiert war. Ich stammelte nur etwas von »Papa nachgelaufen« und »Moped«.

Eineinhalb Stunden später war die Erstversorgung abgeschlossen. Meine Mutter war mit jedem Stein, den sie aus meinem Gesicht entfernt hatte, wütender geworden. Wenn mein Vater nach Hause käme, könne er etwas erleben, schimpfte sie. Ich hörte nicht hin. Mir war noch immer schlecht und meine Wunden brannten. Ich schlief auf der Couch ein.

Munter wurde ich erst, als ich das Knattern des Mopeds vor dem Haus hörte. Mein Vater kam überpünktlich und fröhlich pfeifend nach Hause. Er ahnte nichts, als ihn meine Mutter, mit in die Hüften gestemmten Händen, im Flur erwartete. »Sag, spinnst du? Du lässt den Jungen ganz alleine blutverschmiert nach Hause laufen?«

Mein Vater hatte nicht die geringste Ahnung, wovon sie sprach. Die Stimme meiner Mutter überschlug sich, als sie erzählte, in welchem Zustand sie mich im Bad gefunden hatte.

»Du kannst ihn jetzt gleich aufs Moped setzen und mit ihm ins Krankenhaus fahren. Aber schleif ihn dabei nicht wieder hinter dir her.«

Mein Vater war natürlich hoffnungslos überfordert. Er konnte nicht nachvollziehen, was passiert war.

Ich kam ihm zur Hilfe und konnte erst jetzt richtig erklären, was passiert war.

Mein Vater schüttelte den Kopf. »Warum fragst du mich nicht, ob du mitfahren darfst? Ich hätte dich doch mitgenommen«, sagte er.

Er nahm mich an der Hand, setzte mich aufs Moped und fuhr mit mir nach Freistadt ins Krankenhaus. Meine Mutter, die sich langsam beruhigt hatte, winkte uns nach.

Bis meine Wunden vollends verheilt waren, würde es auch bei der besten Behandlung Monate dauern, das war klar. Im Warteraum vor dem Behandlungsraum fing ich zu heulen an. Aus Ärger darüber, dass mir dieses Ungeschick passiert war. »Mach dir nichts draus«, tröstete mich mein Vater. »Man muss manchmal auf die Nase fallen, um etwas fürs Leben zu lernen.« Er legte mir den Arm um die Schulter.

Gut zwanzig Jahre später saß ich mit ihm bei Kerzenlicht in unserer Küche. Es war der Abend nach seiner Pensionierung und er erzählte Anekdoten aus seinem Leben als Landbriefträger. Viele kannte ich bereits und manches hatten wir gemeinsam in den Sommerferien erlebt, wenn ich ihn auf seinen Touren begleitet hatte.

Das Dienstmoped, die große Posttasche, die Schlüssel zum Postamt und die Dienstkleidung, das alles hatte er an jenem Tag im Postamt abgegeben. Nur eines hatte er mit nach Hause genommen. Seine kleine, schäbige, abgewetzte, schwarze Umhängetasche, die er immer vorne am Bauch getragen hatte. Sie war voller Erinnerungen an sein Briefträgerleben. Alle wichtigen Dinge waren stets in jener kleinen Tasche gesteckt. Vom Milchgeld, über die Einschreiber von der Bezirkshauptmannschaft bis hin zu parfümierten Liebesbriefen.

Mein Vater wurde sentimental. »Diese Tasche war wie das Leben«, sagte er. »In ihr steckten Freud und

Leid ganz eng bei einander.« Er erzählte, wie er oft einem Bauern das Milchgeld aus der Tasche überreichte und gleichzeitig einen Strafzettel von der Bezirkshauptmannschaft herausziehen musste. Er lachte. »Oft habe ich das Milchgeld dann gleich wieder mitnehmen und einzahlen müssen. Die Bauern haben dann gesagt, ich hätte mir den Weg gleich sparen können.«

Ich fragte ihn, ob er sehr traurig sei, dass sein Berufsleben jetzt vorbei war. Er lächelte. »Nein«, sagte er. »Irgendwann müssen wir alles loslassen. Wir können den Lauf der Zeit nicht aufhalten.«

Er zog den Reißverschluss der kleinen schäbigen Tasche zu, strich sanft über das Leder und legte sie auf die Küchenbank. »Worauf es ankommt, ist, dass wir den richtigen Zeitpunkt zum Loslassen nicht verpassen, sonst machen wir alles nur noch schlimmer.«

Plötzlich lachte er laut auf. »Erinnerst du dich, wie du dich als Kind an meinem Moped angeklammert hast und nicht loslassen wolltest? Da hast du es ja selbst gesehen. Wer nicht loslassen kann, holt sich eine blutige Nase.«

Lisa hatte rote Haare, die ihr ihre Mutter meist zu zwei dicken Zöpfen flocht. Ihren hellen Augen entging nichts. Wenn das aufgeweckte Mädchen draußen im Hof mit ihren Geschwistern spielte und meine Mutter in die Einfahrt bog, lief das Mädchen ihr immer entgegen. Um die Post ging es ihr nicht. Lisa konnte damals noch gar nicht lesen. Doch meine Mutter hielt es wie mein Vater und hatte immer Bonbons dabei. Bei ihr waren es Nimm-2-Bonbons, weil die angeblich auch noch gesund waren. Am liebsten mochte Lisa die orangen, von denen sie sich immer gleich zwei auf einmal nehmen durfte.

Es war an Lisas sechstem Geburtstag. Wir waren am Weg zu ihrem Elternhaus noch im Laden der Haubners stehen geblieben. Meine Mutter hatte dort einen rosaroten Prinzessinnen-Bleistift, den dazu passenden Radiergummi und ein paar Glitzer-Sticker, die kleine Mädchen so gerne mochten, besorgt. Das alles hatte sie in einen Briefumschag gesteckt und »Für Lisa. Alles Gute zum Geburtstag« darauf geschrieben. Darunter hatte sie einen völlig unleserlichen Namen gekritzelt und einen Glitzersticker noch extra dazu geklebt.

Als wir in die Einfahrt zu Lisas Elternhaus einbogen, kam uns das Mädchen auch dieses Mal schon entgegen gelaufen. In einem rosaroten Kleidchen und mit ebenfalls rosaroten Schleifen in den Haaren. Meine Mutter bremste und kurbelte das Fenster runter. »Schau mal, Lisa«, sagte sie. »Heute habe ich Post mit, die an dich persönlich adressiert ist.« Meine Mutter tat geheimnisvoll. »Wer da wohl weiß, dass du heute Geburtstag hast?« Meine Mutter griff in die Postkiste auf der Rückbank. Lisa stand mit weit offenem Mund neben der Autotür und klammerte sich mit beiden Händen am Fenster fest. Um ihr die Wartezeit für die Geburtstagspost zu verkürzen, reichte ich ihr die Bonbonpackung.

»Post? Für mich alleine?« Lisa konnte es nicht fassen. Sie bekam ja sonst nie Post. »Ist es ein Paket oder ein Brief?« Jetzt sprang das Mädchen aufgeregt vor dem Auto auf und ab.

Endlich hatte meine Mutter das richtige Kuvert gefunden.

»Da ist es!«

Lisa war sprachlos, vor allem offenbar wegen dem Glitzersticker, der auf dem Kuvert klebte. »Oh, ist das schön«, rief sie. »Was steht denn da drauf?« Meine Mutter las ihr die Glückwünsche vor. »Den Namen darunter kann ich leider nicht entziffern.«

Das Mädchen tastete das Kuvert ab und begann zu kreischen. »Da ist ja etwas drin.« Jetzt riss sie den

Briefumschlag eilig auf. »Ein Prinzessinnen-Bleistift und ein Radiergummi«, sagte sie. »Das hab ich mir gewünscht, aber meine Mama hat ihn mir nicht gekauft.«

Meine Mutter freute sich jetzt mindestens so sehr, wie das kleine Mädchen. »Jetzt weiß ich auch, von wem das Geschenk kommt«, sagte sie.

Meine Mutter zog gespannt die Augenbraue hoch. »Von wem denn?«

»Vom Herrn Haubner«, sagte Lisa. »Bei ihm im Geschäft habe ich den Bleistift und den Radiergummi schon gesehen.«

Meine Mutter lachte. »Dann werde ich mich morgen gleich für dich beim Herrn Haubner bedanken.«

»Ich muss das meiner kleinen Schwester zeigen.« Lisa rannte schon zum Haus.

»Warte Lisa«, rief ihr meine Mutter nach. »Bitte nimm die Post mit ins Haus.« Aber Lisa hörte sie nicht mehr. Sie war schon im Haus verschwunden.

»Jetzt hat sie wohl etwas Wichtigeres zu tun«, sagte meine Mutter. »Oskar, bring du schnell die Post in die Küche.« Ich musste mich beeilen, denn eigentlich sollten wir schon ein paar Häuser weiter sein.

Als ich in die Küche kam, steckte Lisas Mutter gerade sechs rosa Kerzen in eine Schokoladentorte, die mit Walnusshälften verziert war. Sie wischte sich ihre Finger an ihrer Kittelschürze ab und reichte mir zur Begrüßung die Hand. »Lisa sagt, Herr Haubner hat ihr ein Prinzessinnen-Geschenk geschickt. Sag der Christl, dass wir uns bei ihr bedanken. Wollt ihr nicht auf ein Stück Geburtstagstorte hier bleiben?«

Ich erklärte ihr, dass wir schon spät dran seien. »Dann kommt morgen auf einen Kaffee vorbei«, sagte sie. »Ich hebe euch zwei Stück Torte auf.«

Die Einladung brachte mich in eine Zwickmühle. Einerseits wollte ich ein Stück von der Torte, andererseits hatte ich ein paar Häuser zuvor beschlossen, am nächsten Tag daheim zu bleiben. Der Grund dafür lag in unserem gelben Fiat Panda auf der Rückbank. Es war ein gelblich grauer, ehemals weißer Vorhang, der in die Küche einer betagten Bäuerin namens Maria gehörte.

Die Frau mit den immer streng nach hinten gekämmten Haaren war gerade in ihrer dunklen Küche gestanden, als wir ihr die Post gebracht hatten. In dem Raum mit den kleinen Fenstern sah es aus, als wäre gerade eine Horde Wikinger durchmarschiert. Überall standen Töpfe und Geschirr und die Schranktüren standen sperrangelweit offen. Maria machte gerade einen Großputz und sie war ganz aufgeregt.

Am Wochenende hatte sie ihre Tochter besucht und sie mit Neuigkeiten überrascht. Sie hatte »endlich« einen Mann kennen gelernt, den sie heiraten wollte. Das »endlich« hatte Maria besonders betont. Schließlich war Veronika, ihre Tochter, schon Ende zwanzig und in dem Alter drohte laut Maria die Gefahr »übrig zu bleiben«.

Veronika hatte angekündigt, den jungen Mann gleich am kommenden Wochenende vorstellen zu wollen. Deswegen der Großputz. Die aufgeregte künftige Schwiegermutter wollte, dass alles perfekt war, wenn die beiden kamen.

»Stell dir vor Christl, jetzt werde ich auf meine alten Tage vielleicht doch noch Großmutter«, sagte sie. Maria räumte die Putztücher weg und bot uns Kaffee an. »Mit der Küche werde ich heute fertig«, sagte sie. »Morgen muss ich nur noch die Gardinen waschen. Sie sind ja ganz grau vom Ruß des Holzofens.« Ihre Augen leuchteten wie schon lange nicht mehr.

Meine Mutter lächelte. Wegen der Aussicht auf ein Enkelkind für Maria und wegen der Gardinen. Sie wusste, dass die alte Frau keine Waschmaschine besaß und stundenlang mit den Gardinen beschäftigt sein würde. »Oskar, steig auf die Bank und hol uns die Vorhänge runter«, sagte sie. »Wir bringen sie morgen gewaschen zurück. Keine Widerrede.«

Der letzte Teil ihrer Ansage bezog sich gleichermaßen auf mich wie auf Maria. Während die Bäuerin noch protestierte und meinte, dass sie das Angebot nicht annehmen könne, wusste ich bereits, dass jeder Widerstand zwecklos sein würde.

Von all den Dingen, die ich für meine Mutter tun musste, mochte ich Vorhänge abhängen am zweitwenigsten. Noch schlimmer fand ich nur Gardinen aufhängen. Das Einfädeln der Gardinenröllchen in die Schiene war mir ein Graus. Wenn ich dachte, fertig zu sein, stellte ich fest, dass ich in der Mitte der Gardine, oder noch schlimmer, gleich am Anfang, ein Röllchen übersehen hatte und noch einmal von vorne anfangen musste. Vorhänge aufhängen war aus meiner Sicht echte Schwerstarbeit. Körperlich und geistig. Deswegen hatte ich spontan beschlossen, meine Mutter am nächsten Tag nicht zu begleiten. Schlicht, um dieser Prozedur zu entgehen.

Vor dem Abhängen der Vorhänge hatte ich mich aber nicht mehr drücken können. Also stellte ich mich auf einen Stuhl und sah mir die Konstruktion genauer an. Es war genau so, wie ich es befürchtet hatte. Wie so oft hatte jemand die Schiene, in der die Aufhänger des Vorhanges eingefädelt waren, an beiden Seiten mit Fensterkitt verschlossen. Ich seufzte und schaute auf meine Fingernägel. Sie waren lange genug, um den Kitt aus der Verankerung zu kratzen. Ein paar Minuten später war es geschafft.

Mit einem Ruck zog ich den Vorhang aus der Schiene. Das war der einzig lustige Teil an der Prozedur. Nur leider hatte sich einer der Aufhänger verheddert und ich riss ihn aus. Meine Mutter seufzte. »Oskar, wenn du die Aufhänger kaputt machst, machst du mir nur zusätzliche Arbeit.«

Es passierte mir immer wieder, dass ich die Aufhänger abriss. Aber ich konnte der Versuchung nie widerstehen, den Vorhang mit einem Ruck aus der Schiene zu ziehen. »Entschuldigung.«

Ich hatte ein schlechtes Gewissen. Und eine leichte Aggression gegenüber gelblich grauen Gardinen hatte ich sowieso. Für mich waren es rote Tücher.

»Christl, bitte lass mich das annähen. Wenn du dir diese Arbeit auch noch antust, bin ich wirklich beleidigt«, sagte Maria. Natürlich war ihr klar, dass ihr Insistieren auch in diesem Fall zwecklos sein würde.

Meine Mutter hat immer viel mehr getan, als irgendjemand von einer Briefträgerin erwarten konnte. Es machte ihr selbst die größte Freude, wenn sie anderen eine Freude bereiten konnte. Weil meine Mutter so aufmerksam war, waren viele der alten Menschen sehr behutsam mit dem, was sie ihr erzählten. Bedauerte eine Bäuerin in der Gegenwart meiner Mutter, dass sie die vielen reifen Marillen vom Baum in ihrem Garten nicht mehr pflücken und daraus Marmelade kochen konnte, kam meine Mutter mit hoher Wahrscheinlichkeit tags darauf mit einem Eimer und sammelte Marillen ein. Einen weiteren Tag später lieferte sie dann mit der Post ein paar Gläser frisch eingekochter Marillenmarmelade.

Als ich einmal mit meiner Mutter unterwegs war, hatte eine Bäuerin in einem Nebensatz bemerkt, dass ihr der Duft von frisch gebackenem Apfelstrudel fehlte. Seitdem ihre Hände von Gicht geplagt waren, konnte sie keinen Apfelstrudel mehr backen. Sie konnte den Strudelteig nicht mehr wie früher ausziehen. Mir hatte die alte Frau leidgetan, meine Mutter war aber gar nicht auf das Thema eingestiegen. Scheinbar zumindest.

Am nächsten Tag stand sie aber um vier Uhr morgens auf, um der alten Frau einen Apfelstrudel zu backen und ihr zum Frühstück vorbei zu bringen. Die Frau hatte vor Freude Tränen in den Augen. »Wie kann ich dir nur danken, Christl?«, fragte sie.

»Indem du eine Freude damit hast«, entgegnete meine Mutter und meinte es genauso.

Für viele im Ort war meine Mutter nicht nur die Christl von der Post, sondern, wie für den alten Toni und seine Kumpanen, auch die Hofschneiderin. Entdeckte sie auf ihren Posttouren bei alleinstehenden Herren lose Knöpfe oder kaputte Reißverschlüsse in

Hosen, griff sie zum Nähzeug und reparierte ohne lange zu fragen, was noch zu reparieren war.

Ihre Nähkünste wurden leider auch oft ausgenutzt. Etwa von einer der eher feineren Damen im Ort, die mit den Jahren auch an Gewicht zugelegt hatte. Das wollte sie sich aber nicht eingestehen. Obwohl sie längst Konfektionsgröße 40 hatte, kaufte sie stur weiterhin in jeder Saison ein neues Dirndl-Kleid in der Größe 36. Natürlich war klar, dass sie das Kleid so nicht tragen konnte. Zumindest nicht mit geschlossenem Reißverschluss. Nicht einmal, wenn sie das Atmen einstellte.

Also steuerte die Dame direkt nach ihrem alljährlichen Besuch im Trachten-Geschäft in der Stadt unser Haus an. Es war das einzige Mal im Jahr, dass sie an unsere Haustüre klopfte. Immer mit derselben Bitte, »die paar fehlenden Zentimeter aus dem Stoff rauszulassen«. Die Arbeit, den Stoff Millimeter für Millimeter umzunähen, kostete meine Mutter stets eine halbe Nacht. Dafür steckte ihr die Dame immer ein lächerliches Trinkgeld zu. Beim nächsten Fest im Dorf trug sie dann ihre neue Garderobe aus und erzählte jedem, dass sie noch immer in Kleidergröße 36 passen würde. Zum Beweis ließ sie ihre verwunderten Nachbarinnen immer auf das Etikett, das im Kragen eingenäht war, schauen.

Ich ärgerte mich immer maßlos, wenn ich das Gefühl hatte, dass die Arbeit meiner Mutter nicht wertgeschätzt wurde. Auch ihr Bruder, Onkel Max, konnte nicht verstehen, warum sie sich das gefallen ließ. Er hatte einmal miterlebt, wie sie einen ganzen Nachmittag lang Hosen für einen Herrn aus dem Dorf umgenäht hatte. Der Mann kleidete sich immer im Ausverkauf neu ein. Aber das neue Gewand passte dem dicken Mann mit den kurzen Beinen nie. Also brachte er es meiner Mutter. Beim Abholen drückte er ihr dann 20 Schilling in die Hand. »Danke, Christl. In der Stadt hätten sie locker 200 Schilling für dieselbe Arbeit verrechnet«, sagte er auch noch. »Aber so schön wie du hätten sie es nie hingekriegt.«

Onkel Max war außer sich, als er das hörte. Er schimpfte mit meiner Mutter. Doch die blieb gelassen. »Was ich säe, ernte ich auch«, sagte sie. Auf irgendeine Art würde immer etwas zurückkommen.

Damit hatte sie nicht unrecht. Oft mussten wir monatelang nicht einkaufen gehen, weil unsere Speisekammer randvoll mit frischem Gemüse und Geselchtem war, das die Bauern meinen Eltern mitgegeben hatten. Zudem hatten wir immer eine Flasche des kostbaren Hausmittels Arnikaschnaps daheim, der Halsschmerzen über Nacht verschwinden lassen konnte. Für einfache Leute war das damals keine Selbstverständlichkeit. Meine Eltern bekamen den Schnaps stets geschenkt.

Noch wertvoller war für meine Mutter aber ein ehrliches Dankeschön der Menschen. »Christl, du bist keine Briefträgerin, du bist ein Engel«, sagte einmal eine Hausfrau zu meiner Mutter und umarmte sie überschwänglich.

Meine Mutter war gerade in ihr Haus gekommen, als die junge Frau ihren Vater reglos am Boden im Flur vorgefunden hatte. Er hatte einen Kreislaufzusammenbruch erlitten, was ihm zuvor noch nie passiert war.

Die junge Frau schrie um Hilfe. Sie wusste vor lauter Schock nicht, was sie tun sollte. Meine Mutter war es, die Erste Hilfe leistete. Sie drehte den rund hundert Kilo schweren Mann mit ein paar gekonnten Handgriffen in die stabile Seitenlage. »Immer seitlich hinlegen und den Kopf nach hinten schieben. Sonst kann er an seiner eigenen Zunge ersticken«, erklärte sie mit ruhiger Stimme.

Als der Mann wenig später wieder zu sich kam, lagerte sie seine Füße auf einem Stuhl hoch und legte ihm kalte Tücher auf die Stirn. Wenig später war er schon wieder auf den Beinen. Vorsichtshalber nahm ihn meine Mutter mit dem Auto mit ins Dorf, um ihn beim Arzt abzusetzen.

Auch er bedankte sich für die Hilfe. Das glich damals fast einem Ritterschlag. Die alten Männer schafften es kaum, über ihren Schatten zu springen und sich bei einer Frau zu bedanken. Sie kamen dabei mit großer Wahrscheinlichkeit ins Stottern.

Oft war meine Mutter schlicht die Einzige, die ihnen helfen konnte. Etwa, wenn sie einen RSA-Brief von der Behörde zugestellt bekamen, dessen Inhalt sie nicht verstanden.

Oder wenn sie einen Förderantrag stellen mussten, aber nicht wussten, wie das Formular auszufüllen war. Meine Mutter wusste oft schon, in welchen Schubladen die notigen Papiere verstaut waren und füllte die Förderanträge bei ihren Touren aus. Dann kopierte sie den Antrag im Postamt und brachte die Kopie tags darauf auf den Hof zur Ablage.

»Die guten Menschen sind wenige und sie werden immer weniger«, sagte sie immer zu mir. »Sieh zu, dass du dazu gehörst, dann hast du schon viel erreicht.«

Uns Kindern wünschte meine Mutter immer, dass wir Mensch bleiben und mit uns selbst zufrieden sein können. Das war ihre Definition von Karriere. Der Rest kommt von allein, meinte sie. Manchmal direkt und manchmal über Umwege, die man nicht erahnen kann.

11. Es gibt immer einen Gartenzaun und wenn nicht, dann stell dir einen vor

Bei dem Song »Jump« von Van Halen denken die meisten Menschen wahrscheinlich an Rocker mit langen Haaren und Lederjacken. Ich nicht. Vor meinem geistigen Auge taucht ein Herr in braunen, stets zu kurzen Latzhosen und einem abgewetzten Jägerhut am Kopf auf. Der Mann mit der Halbglatze hieß Johannes und war, als ich meine Eltern auf den Briefträgertouren begleitete, knapp achtzig Jahre alt. Er lebte in einem Haus in Liebenau, bei dem bereits der Putz von der Mauer bröckelte.

Johannes war kein Fan der Rockmusik. Im Gegenteil. Er bezeichnete sie vielmehr als Teufelsmusik und sah in ihr ein weiteres Indiz dafür, dass die Jugend jeglichen Sinn für Gut und Böse verloren hatte.

Es war an einem warmen Sommertag im August, als ich neben meiner Mutter in ihrem Dienstauto saß. Wir hatten alle Fenster des kleinen gelben Fiat Panda nach unten gekurbelt und es zog wie in einem Vogelhaus. Vom Vogelgezwitscher draußen, das dazu gepasst hätte, konnten wir nichts hören, weil ich den Kassettenrekorder des Autos auf volle Lautstärke aufgedreht hatte. Die Kassette spulte mein damaliges Lieblingslied, eben den Hit »Jump« von Van Halen, ab. Wie immer bei meinen selbst aufgenommenen Kassetten, mit kleinen Schönheitsfehlern. Das Band rauschte und der Radio-Moderator der Hit-Parade hatte wie gewohnt ungeniert in die Lieder hinein gesprochen. Zu jener Zeit war das ein echtes Ärgernis.

Das alles konnte an diesem Montagmorgen meine ausgelassene Stimmung nicht trüben. Meine Mutter und ich fuhren, begleitet von den US-Rockern und ihrer Musik, zügig die schmale Schotterstraße zum Haus von Johannes hoch. Im Rückspiegel tat sich eine Staubwolke auf, vor uns lag das halb verwilderte Areal von Johannes. Überall wucherten wilder Wein, hohes Gras und Sträucher. Vor dem verwitterten Holzzaun hatte Johannes vor einigen Jahren einen alten Pferdekarren abgestellt. Dessen rostige Räder waren mittlerweile tief in der Erde versunken und hätten nur mit viel Muskelkraft wieder befreit werden können. Das klapprige Gartentor zum Haus von Johannes ließ sich auch nur noch beschwerlich öffnen, weil es hoffnungslos verzogen war. Wie so oft, hatte Johannes das Gras in seinem Garten noch nicht gemäht. Zur Straße, zum Misthaufen und zum Geräteschuppen führten kleine Trampelpfade über platt gedrückte Grashalme und Blumen.

Als wir vor dem Tor hielten, drehte meine Mutter die Musik etwas leiser. Genau zu »Jump« sprang sie aus dem Auto. Ich applaudierte. In diesem Moment klirrte etwas hinter dem Gartenzaun und Johannes, den wir nicht sehen konnten, brüllte los. »Seid ihr wahnsinnig geworden, hier so einen Wirbel zu machen? Das ist unerhört!«

Ich drehte das Radio schnell ab. Johannes war noch immer nicht zu sehen. Seine aufgeschundenen, blauen Beine, in denen sich immer mehr Wasser sammelte, trugen ihn nicht so schnell zur Gartentür, wie er es wahrscheinlich gewollt hätte. Irgendwann tauchte er doch hinter dem Zaun auf. Schweren Schrittes näherte er sich uns. »Was fällt euch ein, vor meinem Haus eine Disco zu veranstalten«, schimpfte er.

Meine Mutter, die draußen vor dem Gartentor stehen geblieben war, nutzte seine Kurzatmigkeit, um sein Gezeter zu unterbrechen. »Grüß dich, lieber Johannes, was ist denn los?«, sagte sie.

»Christl, du bist es.« Als Johannes meine Mutter sah, gingen seine Mundwinkel ganz kurz leicht nach oben. Für Menschen wie den alten Johannes war das ein echter Gefühlsausbruch. Im nächsten Moment brüllte er schon wieder los. »Was los ist willst du von mir wissen? Offensichtlich haben sie der Post die letzten drei Gänge beim Auto gestrichen, das ist los. Oder warum fährst du sonst mit dem ersten Gang die Straße rauf, dass der Motor nur so heult?«

Ob der Motor wirklich so laut gewesen war, hätten meine Mutter und ich aufgrund der Lautstärke von Van Halen im Nachhinein nicht beantworten, aber auch nicht ausschließen können. Meine Mutter fuhr auch ohne Van Halen gerne hochtourig, was sie freilich nicht gerne hörte. »Entschuldige, Johannes, soll nicht wieder vorkommen«, sagte sie. »Ist ja nichts passiert.« Meine Mutter lächelte ihn freundlich an.

Er keifte weiter über den Gartenzaun. »Nichts passiert? Woher willst du das denn wissen? Du hast mir die Arbeit von einer halben Stunde kaputt gemacht mit deinem Lärm.«

Er war jetzt beim Gartenzaun angekommen und klammerte sich mit beiden Händen an dessen wackelige Tür. Ich fürchtete, er würde gleich mit dem ganzen Zaun vornüber kippen.

»Du bist halt mein Grießgram, wenn du einmal nicht mehr bist, wirst mir wirklich abgehen«, sagte meine Mutter und reichte ihm zum Gruß die Hand.

Er wehrte ab. »Ich bin dreckig, ich muss heute die Wiese mit der Sense mähen.« Er erzählte, er hätte gerade die Sense gedengelt, als wir den kleinen Hügel zu seinem Haus herauf kamen. Der Lärm habe ihn so erschreckt, dass ihm die Sense aus der Hand und geradewegs auf einen Stein gefallen war. »Die ganze Arbeit war umsonst gewesen. Jetzt kann ich wieder von vorne anfangen, als hätte ich sonst nichts zu tun«, sagte er.

Ich war mir sicher, dass ihm die Sense nicht aus der Hand gefallen war. Er hatte sie bestimmt aus Wut auf den Boden geworfen. Dass das Blech nun wieder verbogen war, geschah ihm schon recht, fand ich.

Meine Mutter entschuldigte sich noch einmal. Ich war entsetzt. Aus meiner Sicht hätte er sich entschuldigen müssen und nicht wir uns. Ich verstand überhaupt nicht, warum sie dem grantigen alten Mann die Post nicht einfach um die Ohren schlug und wir mit quietschenden Reifen und lauter Musik davon brausten. So hätte ich es jedenfalls gerne gemacht. Meine Mutter tickte aber anders.

»Meine Güte, deine Beine schauen heute gar nicht gut aus«, sagte sie. Sie zeigte durch die schiefen Latten des Gartenzauns auf seine aufgeschundenen Beine. »Soll ich sie dir verbinden?«

Er war empört. »Glaubst du, dass ich zu blöd dafür bin?«, sagte er. »Ich brauche keine Weiber, die mir die Beine verbinden. Das kann ich schon selbst erledigen. Jetzt gib mir endlich die Post und halt mich nicht länger von der Arbeit ab.«

Rauer Ton war in Liebenau durchaus keine Seltenheit, und Johannes war nicht der einzige Nörgler unter den Kunden meiner Eltern. Es gab Liebenauer, die täglich über ihre mickrige Pension jammerten, auf die Politiker im Allgemeinen und den Bürgermeister im Speziellen schimpften oder sich seit Jahren einen unerbittlichen Streit mit den Nachbarn lieferten. Speziell zur Erntezeit eskalierten die Auseinandersetzungen gerne. Ausschlaggebend war oft ein Grenzstein, den ein unachtsamer Bauer versehentlich nieder mähte. Er stellte den Grenzstein dann zwar wieder auf, allerdings oft um einen halben Meter versetzt. Zu seinen Gunsten, und zum Ärger seines Feldnachbars.

Zudem lebten auf vielen Höfen zwei bis drei Generationen unter einem Dach, die sehr unterschiedliche Vorstellungen von der Feldarbeit und von Kindererziehung hatten. Die Folge waren weithin hörbare Streitereien. »Wenn du dich noch einmal einmischt, isst du deine Suppe künftig draußen im Stall«, hörte ich einmal eine aufgebrachte junge Frau schreien. Ein Mann, von dem ich wusste, dass er ihr ständig nörgelnder Schwiegervater war, brüllte lauthals zurück, dass die jungen Leute keinen Respekt mehr vor den Alten hätten. Dann das Klirren eines berstenden Tellers.

Doch Johannes übertrieb es. Das war für mich eindeutig. Meine Mutter reichte ihm trotzdem freundlich die Post. Johannes blätterte sie eilig durch und verzog das Gesicht. »Wieder kein Brief von Helmut.

Hätte ich mir denken können. Mein ganzes Leben habe ich geschuftet und das hier für ihn aufgebaut.« Johannes zeigte mit einer ausschweifenden Geste über das Grundstück und hin zum Haus. »Aber mein feiner Sohn findet es nicht der Mühe wert, mir auch nur einen Brief zu schreiben.«

Ich hatte Verständnis für Helmut. Ich hätte diesem Mann auch nicht schreiben wollen. Am liebsten hätte ich ihm das durch das offene Autofenster mitgeteilt. Weil ich mich das nicht traute, hoffte ich, dass es meine Mutter an meiner Stelle tun würde.

Tat sie aber nicht. »Vielleicht solltest du ihm zuerst schreiben«, sagte sie. »Ich könnte dir morgen eine nette Karte bringen.«

Nun wollte sie ihm auch noch helfen, mit seinem Sohn in Kontakt zu kommen. Manchmal ging mir das Helfersyndrom meiner Mutter wirklich zu weit.

Auch Johannes konnte mit ihrem Angebot nichts anfangen. »Kümmere dich um deine eigenen Kinder«, sagte er. Er zeigte dabei mit dem Finger auf mich. »Vielleicht schaffst du es ja, dass sie wenigstens keine Disco vor meinem Haus veranstalten.« Er grinste. Seine Stimme klang nun schon etwas versöhnlicher.

Ich war trotzdem entsetzt darüber, wie er mit meiner Mutter sprach. Es machte mir zu schaffen, dass sie sich das gefallen ließ.

»Ist gut, lieber Johannes«, sagte sie. »Aber versprich mir, dass du dir deine Beine am Abend mit Melkfett einschmierst.«

»Sicher nicht. Ich bin ja kein Rind«, erwiderte er.

»Aber ein Rindvieh«, flüsterte ich so leise, dass es keiner hören konnte.

»Danke für die Post, Christl«, rief Johannes meine Mutter nach.

Ich war verdutzt. Dass er sich für irgendetwas bedanken konnte, überraschte mich.

»Pass auf dich auf«, sagte meine Mutter.

Sie setzte sich endlich wieder ins Auto, drehte den Zündschlüssel um und drückte aufs Gaspedal. Sie schaute in den Rückspiegel. Johannes klammerte sich noch immer mit einer Hand an seinen wackeligen Zaun. Mit der zweiten Hand, in der er die Post hielt, winkte er uns nach. Er lächelte. Meine Mutter auch.

Ich nicht. Ich war entrüstet. »Warum lässt du dir das alles von ihm gefallen?«, fragte ich sie. »Der Mann hat nicht einmal gemerkt, dass du ihm Hilfe angeboten hast.«

Meine Mutter lächelte noch immer. »Man muss die Menschen nehmen wie sie sind. Wenn ich zu Johannes fahre, erwarte ich nicht, dass er mich freundlich empfängt. Wenn mich ein freundlicher Mann empfangen würde, dann wäre es nicht Johannes.«

Soweit konnte ich ihr folgen. Ich hatte Johannes auch noch nie freundlich erlebt. Aber ich verstand nicht, warum sie ihn nicht einfach ignorierte, seine Post in den Briefkasten steckte und weiterfuhr. Johannes bekam schließlich zu Recht nicht einmal mehr von seinem eigenen Sohn Besuch oder Post.

»Das ist es ja gerade«, sagte meine Mutter. »Johannes ist seit dem Tod seiner Frau einsam.« Sein Sohn sei lieber als Schichtarbeiter in die Stadt gezogen, als sich daheim mit dem alten Griesgram zu streiten. Deswegen sei Johannes so verbittert. Wer das persönlich nehmen würde, sei selber schuld. »Wenn dich die schlechte Laune von jemand anderem aufregt, heißt das nur, dass du dich nicht gut genug abgrenzen kannst«, sagte meine Mutter. Würde ich jedes böse Wort, das ich zu hören bekomme, persönlich nehmen, würde ich krank werden.«

»Wie kannst du es nicht persönlich nehmen, wenn er dich grundlos beschimpft?«, fragte ich sie.

»Ich bleibe einfach auf meiner Seite des Zaunes und lasse die schlechte Laune auf der anderen«, sagte sie. »Der Mensch auf der anderen Seite des Zaunes hat auch immer gute Seiten. Bei denen musst du einhaken. Dann könnt ihr euch beide kurz freuen.«

Johannes hatte tatsächlich gelächelt, als wir gefahren waren. Vermutlich war es das einzige Mal, an jenem Tag gewesen. »Es gibt aber nicht immer einen Zaun«, entgegnete ich.

»Dann stellst du dir eben einen vor.« Sie malte mit den Fingern einen in die Luft und lachte.

Als wir garantiert außer Hörweite waren, spulte ich die Kassette mit »Jump« von van Halen zurück und schloss vorsichtshalber die Fenster, ehe ich den Song noch einmal so laut laufen ließ, dass wir den Motor nicht mehr hören konnten. Er starb meiner Mutter einmal ab, weil sie zur Sicherheit diesmal zu niedrigtourig gefahren war.

12. Mach Pause, wenn du sie brauchst (und nicht, wenn es deine Urlaubsplanung vorsieht)

Ich war in meiner Kindheit nur sehr selten ins Kino gegangen und wenn, dann machte mein Vater ein Großprojekt daraus. Schon am Vorabend begann er zu rechnen, wann wir wegfahren müssen, um pünktlich zur Vorstellung da zu sein. In Liebenau gab es natürlich kein Kino. Wir mussten nach Freistadt fahren. Die Anreise dauerte eine gute halbe Stunde. Zur Autofahrt rechnete mein Vater aber immer noch dreißig Minuten für das Abholen der Kinokarten und ausreichend Zeit für die Parkplatzsuche ein. Das war etwas übertrieben. Die Parkplatzsuche in Freistadt dauerte damals etwa so lange, wie das Abziehen des Zündschlüssels.

Zudem besprachen wir schon am Vortag ausführlich, ob wir den Ausflug nach Freistadt auch für einen Besuch bei der Konditorei Lubinger nutzen sollten. Mich zog es wegen dem selbstgemachten Eis dorthin, meinen Vater wegen der sagenhaft guten Schwarzwälder Kirschtorte. Daher war es eine wichtige Frage, ob wir diesen Zwischenstopp einplanen sollten.

Es war ein sonniger Monatserster im August, an dem wir uns »Momo« ansehen wollten, die Verfilmung von Michael Endes Roman. Der Film begann um halb sieben abends und die Zeitrechnung meines Vaters hatte alles in allem ergeben, dass er an diesem Tag um 4.30 Uhr aufstehen musste, damit wir vierzehn Stunden später dort sein konnten.

Im Halbschlaf hörte ich ihn am Morgen schon in der Küche mit dem Geschirr klappern, wenig später stand er in meinem Zimmer. »Oskar, aufstehen!« Er rüttelte an meiner Schulter. »Willst du auch eine Knackwurst mit Spiegelei und Senf zum Frühstück?«

Nein, wollte ich nicht. Nicht fünf Sekunden, nachdem er mich aufgeweckt hatte. Aber so war mein Vater. »Ohne ein anständiges Frühstück geht man nicht aus dem Haus«, fand er. Er hatte im Morgengrauen aufgekocht, als müsste er gleich einen Holzhacker nach einem anstrengenden Arbeitstag verköstigen. Er liebte es, morgens in aller Ruhe ein ausgiebiges Frühstück zuzubereiten.

Nachdem er meine Zimmertür hinter sich zugezogen hatte, schlief ich sofort wieder ein. Fünf Minuten später ging die Tür schon wieder auf und er stand abermals an meinem Bett. »Oskar, steh auf. Es ist gleich fünf Uhr und wir wollen doch heute ins Kino.« Er sagte das so, als würden wir um halb sieben Uhr morgens, und nicht abends ins Kino wollen.

Als ich um Viertel nach fünf in der Küche stand, lagen nur noch ein paar Brotkrümel auf seinem Teller

Teller und seine, fast einen halben Liter fassende Kaffeetasse, hatte er bereits ausgetrunken. Er wollte los. Auch wenn es von unserem Haus bis zur Post keine fünf Gehminuten waren und der Bus die Postsäcke ohnedies erst um sechs Uhr bringen würde. Wir würden schon mit dem Sortieren der bereits am Vorabend angelieferten Prospekte beginnen, um Zeit zu sparen, hatte er beschlossen.

Um 5.35 Uhr waren wir mit dem Sortieren der Werbematerialien fertig. Alles stand fertig vorbereitet auf dem Sortiertisch, nur die Post fehlte noch. Mein Vater rieb sich zufrieden die Hände, ich mir müde die Augen. Aus meiner Sicht hätten wir besser länger schlafen sollen. Er war anderer Meinung. »Ich plane lieber etwas mehr Zeit ein, als mich dann zu hetzen.« Um beim Eintreffen des Busses jegliche Verzögerung zu vermeiden, stellte er sich vor die Tür des Amtes. Es war noch nicht einmal sechs.

Der Bus war immer schon zu hören, lange bevor er auftauchte. Täglich kurz vor sechs schaltete der Fahrer beim Passieren des Autohauses Lindner, das am Fuß eines Hügels lag, in den ersten Gang zurück und ließ so den Motor aufheulen. Zwanzig Sekunden später kam er vor dem Postamt zum Stehen.

An diesem Tag war nichts zu hören. Abgesehen vom Vogelzwitscher in den Bäumen und einem Hund, der eine Katze anbellte, die er zuvor auf einen knorrigen Apfelbaum gejagt hatte. Mein Vater horchte. Kein aufheulender Motor. Auch nicht um fünf und noch immer nicht um zehn Minuten nach sechs Uhr.

Angesichts der aus seiner Sicht dramatisch fortgeschrittenen Uhrzeit, stapfte mein Vater zurück in das Postamt, wo Direktor Hennerbichler schon seine Stempelkissen am Schreibtisch zurecht schob. »Hennerbichler«, sagte er. »Ruf mal bitte oben in Linz an und frag, wo der Bus bleibt.«

Die Formulierung »oben in Linz« war geographisch gesehen falsch. Linz lag deutlich unterhalb von Liebenau, aber weil dort die hohen Herren saßen, sagten alle »oben in Linz«. Hennerbichler griff zum Telefon, räusperte sich und wählte die Nummer. Er stand, wie immer, wenn er in der Zentrale anrief, bereits mit durchgestreckten Knien am Telefon. Neben ihm mein Vater, der nervös mit den Fingern auf den Schreibtisch klopfte, während er mithörte, was die Linzer über den Verbleib des Busses wussten. Dieser war zwar pünktlich in Linz losgefahren, hatte aber kurz vor Liebenau eine Panne gehabt. Jetzt sei ein kleines Lieferauto unterwegs, um die Post umzuladen. Wir sollten noch eine Viertelstunde warten.

»Großartig«, sagte mein Vater. »Ausgerechnet, wenn wir einmal um halb sieben ins Kino wollen.«

Hennerbichler zuckte mit den Schultern. »Um halb sieben? Da habt ihr ja noch zwölf Stunden Zeit.«

Zwölf Stunden waren relativ. Aus Sicht des Countdowns, den mein Vaters und ich bis zum Beginn der Vorstellung herunter gezählt hatten, war die Zeit knapp bemessen. Es war der Monatserste, also musste mein Vater den Liebenauern neben Prospekten und Briefen auch Pensionen und Milchgelder bringen. Das kostete Zeit.

Zudem galt es, eine Hürde im Herrschaftswald zu nehmen. Dort wurde just an jenem Tag eine Straße neu planiert. Das hatte mein Vater am Vortag beim Binderwirt erfahren. Wenn die schweren Geräte die Straße ebneten, konnte er sie nicht befahren. »So eine Sperre kann uns locker eine knappe Stunde aufhalten«, erklärte mein Vater dem ahnungslosen Postdirektor und kehrte ihm den Rücken zu. Er wollte sich nicht länger mit ihm unterhalten und wartete lieber draußen auf den Lieferwagen, als könnte er damit etwas beschleunigen. Ich folgte ihm.

»Oskar, vielleicht sollten wir die Briefe dann gleich hier draußen sortieren. Dann ersparen wir uns das rein- und raustragen«, sagte er. Ich machte ihn darauf aufmerksam, dass das höchstens zwei, drei Minuten bringen würde. Er nickte und verwarf die Idee wieder.

Bei jedem Motorgeräusch, das wir am Ende der Straße hörten, machten wir lange Hälse in Richtung der Kurve, hinter der das Postauto auftauchen sollte. Zuerst kam ein Traktor, dann ein kleiner Transporter, der die Gasthäuser mit Obst und Gemüse belieferte und schließlich endlich der Postwagen. Etwas überhastet, riss ich dem Fahrer den Postsack aus der Hand und lief damit ins Sortierzimmer. Mein Vater folgte mir auf den Schritt. Seine Briefträgerkollegen schüttelten nur grinsend den Kopf, als wir keine Viertelstunde später fertig waren und ausnahmsweise als Erste das Postamt verließen.

»Ronnie Biggs hatte es beim Postraub weniger eilig als ihr beiden«, rief uns Vaters Lieblingskollege, Pepi Wirrer, hinterher. Damit dürfte er nicht ganz unrecht gehabt haben.

Während der Fahrt klammerte ich mich fester an meinen Vater, weil der aufgrund der Verzögerungen mehr Gas gab als sonst. Das fiel auch dem Wirt auf, der noch mit dem Fahrer des Cash & Carry-Wagens vor seinem Gasthaus stand, der ihm Getränke und Lebensmittel brachte. »Fritzl, was ist los?«, fragte er.

»Wir wollen abends ins Kino«, sagte mein Vater.

Bald würde halb Liebenau von unserem Großprojekt wissen, dachte ich. Es waren noch elf Stunden bis zum Filmbeginn.

Schon ein paar Häuser zuvor hatte mein Vater das erste Mal auf den Motorblock gegriffen und war im Laufe des Vormittags immer nervöser geworden. Gleichzeitig hatte er das Moped über die Straßen gejagt wie selten zuvor. Nun, Mitte Nachmittag, bremste er vor dem Marterl abrupt ab. »Verdammt, der ist schon ganz heiß«, sagte er. »Irgendwann ist genug. Jetzt ist genug. Pause.«

Mein Vater hatte mich mit seiner Eile schon angesteckt. Deshalb konnte ich es nicht fassen. Zuerst fuhr er wie die Feuerwehr und jetzt stieg er einfach vom Moped und griff seelenruhig zu seinem Jausenbrot. Gerade so, als hätten wir alle Zeit der Welt. Ich protestierte. Er inspizierte die bunten Blumen, die jemand rund um das Marterl gesetzt hatte. »Die sehen aber traurig aus«, sagte er. »Hol ihnen beim Bach Wasser.«

Er drückte mir die Gießkanne, die immer neben dem Marterl mit der Marienskulptur stand, in die Hand. Ich stellte sie augenblicklich zurück auf den Boden. »Wir müssen weiter«, sagte ich. »Ich hab keine Zeit, hier wie ein Wanderer oder eine alte Frau die Blumen zu gießen.«

»Oskar, wir müssen jetzt ein bisschen abkühlen«, sagte mein Vater. Der Motor des Mopeds sei überhitzt. Würden wir jetzt weiter fahren, könne er abbrennen.

»Du bist noch jung«, sagte er, »aber du solltest trotzdem ein Gefühl dafür entwickeln, wann du eine Pause einlegen musst.«

Ich griff auf den Motorblock und verbrannte mir tatsächlich die Finger. Ich schrie auf und rannte zum Bach. Nicht um Wasser für die Blumen zu holen, sondern um meine Finger ins kalte Wasser zu halten.

Als ich zurück kam, lag mein Vater im kühlen Moos, die Arme im Nacken verschränkt, einen Grashalm zwischen den Zähnen. Er drehte den Kopf in meine Richtung. »Willst du ein Jausenbrot?«

Ich wollte nicht. Stattdessen griff ich zur Gießkanne und holte Wasser für die Blumen. Vielleicht würde uns die Mutter Maria dafür helfen, dass wir schnell weiter fahren können.

Beim Bach hatte ich eine Idee. Ich würde das eiskalte Wasser einfach über den Motorblock gießen und ihn damit abkühlen. Wenn ich das zwei oder drei Mal machte, könnten wir weiterfahren. Beim ersten Mal goss ich das Wasser ganz behutsam über die Lamellen des Motorblocks. Es zischte und das Wasser verdampfte, noch bevor es auf den Boden tropfen konnte.

»Oskar, lass doch für die Blumen auch noch etwas übrig«, sagte mein Vater.

Ich schüttete den Rest in der Kanne über die Blumen und rannte noch einmal zum Bach, um Nachschub für das Moped zu holen. Diesmal goss ich die Kanne in meiner Euphorie mit zu viel Schwung und zu wenig Gefühl aus. Das Wasser rann nicht nur zischend über den Motorblock, sondern auch über die Zündkerze.

Mein Vater stand von seinem sonnigen Rastplatz auf, kam zum Moped und kratzte sich am Kopf.

»Na, super«, sagte er. »Jetzt müssen wir nicht nur warten, bis der Motor abgekühlt ist, sondern auch, bis die Zündkerze wieder trocken ist.« Er nahm den Zündkerzenschuh von der Zündkerze und schüttete das Wasser aus, das sich darin gesammelt hatte. »Strom und Wasser vertragen sich nicht, Oskar. Das solltest du dir merken.«

»Und jetzt?«, fragte ich.

»Jetzt müssen wir warten.«

Er ließ den Zündkerzenschuh in der Sonne baumeln und legte sich selbst wieder ins kühle Moos. Ich ging nervös auf und ab, griff irgendwann zum Zündschuh und schüttelte ihn heftig. Es war eine große Genugtuung, dass ich noch zwei Tropfen heraus beuteln konnte. Schließlich steckte ich den Zündschuh wieder auf die Zündkerze und versuchte das Moped zu starten. Ohne Erfolg.

»Oskar, wenn du jetzt noch vier, fünf Mal versuchst zu starten, säuft uns die Puch auch noch ab.«

Mein Vater war wieder aufgestanden und zu mir gekommen. Er reichte mir ein Jausenbrot. »Iss das!«

Lustlos wickelte ich das Brot aus dem Zeitungspapier und biss ab.

Mein Vater blinzelte in die Sonne. »Jetzt hilft nur runter vom Gas und Ruhe geben. Das muss ein Mensch auch können. Sonst brennt und säuft er ab wie ein Moped.«

Ich grinste. »Weil jemand ins Kino will, bekommt er aber keinen Herzinfarkt, oder?«

Mein Vater steckte sich wieder einen Grashalm in den Mund und legte sich zum dritten Mal ins Moos. »Manche brennen ab, weil sie sich wegen solcher Dinge Stress machen. Denk nur an Schorsch.«

Über Schorsch machten sich einige im Ort lustig. Er wollte immer ein Quäntchen mehr zu erzählen haben als sein Nachbar, der ebenfalls ein Aufschneider war. Die beiden schaukelten sich gegenseitig hoch.

Fuhr Schorschs Nachbar im Urlaub an die Obere Adria, wollte ihm Schorsch um nichts nachstehen. Um mehr Erzählstoff zu haben, buchte er einen Cluburlaub an der türkischen Riviera. Das war eine kleine Sensation, weil Flugreisen damals bei uns noch etwas Besonderes waren.

Im nächsten Jahr flog auch sein Nachbar in die Türkei und machte dort als Draufgabe einen Tauchkurs, von dem er ausufernd und bei jeder Gelegenheit erzählte. Das konnte Schorsch nicht auf sich sitzen lassen. Im Jahr darauf buchte er in der Türkei ebenfalls einen Tauchkurs und obendrein zahlreiche Ausflüge zu Orten, die sein Nachbar nur von der Landkarte kannte.

Solche Ausflüge waren teuer. Schorsch, der beim Linzer Stahlwerk Voest arbeitete, musste dafür Sonderschichten einlegen. Deshalb war er vor dem Urlaub besonders müde und so gut wie nie daheim. Das änderte sich auch nach dem Urlaub nicht. Denn die Reisen kosteten letztlich immer mehr, als er einkalkuliert hatte. Es war jedes Jahr dasselbe. Nach dem Urlaub sah er so richtig urlaubsreif aus. Ein paar freie Tage konnte er sich aber nicht nehmen. Er sparte sie immer für das nächste Jahr und den nächsten Urlaub. »Schorsch schaut schon wieder ganz schlecht aus. Ich glaube er fährt auf Urlaub«, sagte mein Vater dann und schüttelte den Kopf. »Er sollte einmal auf seinen Körper hören und sich ein paar Tage Ruhe gönnen.«

Schorsch war mit seinen Sonderschichten kein Einzelfall. Es gab einige Familien, die für ihren Urlaub sogar Kredite aufnahmen. Einfach nur, um bei ihren Nachbarn Eindruck zu schinden.

Meine Eltern ließen sich nicht zu solchen Spielchen hinreißen. Wir waren nur einmal auf Urlaub gewesen und waren auch nicht übermäßig interessiert daran. Wir wussten ja, was für ein Projekt mein Vater schon aus einem Kinobesuch im nahen Freistadt machte.

Jetzt schwelgten mein Vater und ich in Erinnerungen an unseren bislang einzigen Urlaub. Meine Mutter hatte unser kleines Auto so voll gepackt, dass wir fast nicht mehr reingepasst hätten und mein Vater beim Fahren kaum noch durch die Heckscheibe sehen konnte. Es sah wohl aus, als wären wir unterwegs in ein Krisengebiet, in dem es rein gar nichts zu kaufen geben würde. Der Kofferraum war vollgestopft mit Kleidung für alle Eventualitäten, Hand- und Badetüchern, Bettwäsche, Toilettenartikeln und einem »Rei in der Tube«, für den Fall, dass sich jemand einen Fleck auf sein Gewand patzte. Dazu kamen Verbandszeug, Schuhe für Regen und das Strandbad, »Die große Spielesammlung« für die Abendgestaltung, Schwimmflossen, Taucherbrillen, ein Fußball sowie Bücher und Comic-Hefte.

Natürlich hatten wir ausreichend Proviant mit. Unsere Großmutter hatte uns einen großen Korb mit Brot, Würsten, mehreren Dosen Schartner-Bombe, Schokolade und sogar einer Packung Kaffee samt Filtertüten mit auf die Reise gegeben. Das hätte locker für eine Woche oder länger gereicht, wir fuhren aber bloß für vier Tage an den Wolfgangsee, eineinhalb Autostunden von daheim entfernt.

Meine Geschwister und ich hatten vor lauter Aufregung die halbe Nacht nicht geschlafen und am Morgen noch versucht, mehr Spielzeug ins Auto zu schmuggeln. Als wir endlich am Postamt am Wolfgangsee ankamen, wo wir übernachten durften, machten die Kollegen dort große Augen. »Die haben sicher gedacht, wir bleiben den ganzen Sommer«, erinnerte sich mein Vater. Er lachte so herzlich darüber, dass er fast den Grashalm, der in seinem Mundwinkel klebte, verschluckt hätte. »Ich glaube, wir haben den halben Urlaub damit verbracht, die Sachen zuerst ins Zimmer und dann wieder zurück ins Auto zu tragen.«

Mir fiel wieder das verdutzte Gesicht unserer Großmutter ein, als wir wieder zu Hause vorfuhren und noch immer das halbe Essen im Kofferraum hatten. »Um Himmels Willen, habt ihr denn gehungert?«, fragte sie. Hatten wir nicht. Wir hatten nur hauptsächlich Eis und Pommes mit Ketchup und Mayonnaise vom kleinen Verkaufsstand im Strandbad gegessen.

»Sollten wir wieder einmal auf Urlaub fahren?«, fragte mein Vater.

Ich setzte mich auf und schaute über ihn hinweg in Richtung Marterl. Ein Reh hatte uns von dort aus interessiert beobachtet und ergriff jetzt die Flucht.

»Nein«, sagte ich ohne lange zu überlegen. Die vier Tage am Wolfgangsee hatten meine Eltern im Vorfeld so beschäftigt, als wären wir zum Mond gereist. »Zuhause können wir mit unseren eigenen Rädern fahren und in der Türkei können wir sicher keine Bäche aufstauen.«

»Über aufgestaute Bäche reden wir lieber nicht mehr«, sagte mein Vater.

Wir mussten beide grinsen. Es gab eine Abmachung zwischen meinem Vater und uns Kindern, die lautete: »Niemals in Gegenwart von Großvater über den Staudamm sprechen.« Wir Kinder hatten im vergangen Sommer so gekonnt den Bach mit Ästen, alten Brettern, Steinen, Schlamm, Kies und Blättern aufgestaut, dass wir uns einen kleinen Badeteich geschaffen hatten. Unglücklicherweise hatte sich der genau über den Weg ausgebreitet, den mein Großvater angelegt hatte. Unsere Baumaterialien hatten sich so stark ineinander verkeilt, dass wir Kinder den Staudamm nicht mehr selbst abbauen konnten. Mein Vater musste mit der Säge ausrücken. Es dauerte Tage, bis der Weg wieder so trocken war, dass mein Großvater ihn wieder mit dem Traktor benutzen konnte. Wir Kinder gingen ihm in diesen Tagen lieber aus dem Weg.

»Wie ihr den Staudamm gebaut habt, ist mir bis heute ein Rätsel«, sage er, als er aus dem Moos aufstand, sich die Tannennadeln von der Hose klopfte und mir die Hand reichte. »Los, Oskar, aufstehen. Es geht weiter.«

Ich wäre gerne noch im kühlen, weichen Moos geblieben. Mir hatte unsere Pause richtig Spaß gemacht. An das Kino hatte ich gar nicht mehr gedacht.

Das Moped sprang noch nicht an. Mein Vater griff in seine Hosentasche und holte sein Sonntagstaschentuch hervor. So eines hatte er tatsächlich. Es war aus einem feinen weißen Stoff und hatte einen gehäkelten Goldrand. Meine Großmutter betonte immer, dass es eben nur für Sonntage gedacht war. Da sie aber nicht in der Nähe war, benutzte er es auch an jenem Dienstag, in diesem Fall sogar zum Reinigen des Zündschuhs.

Er faltete das gebügelte weiße Tuch auseinander, legte es auf den Zündschuh und stopfte es mit dem Zeigefinger hinein, so dass bald nur noch der goldene Rand herausschaute. Er zuckte mit den Achseln.

»Was soll ich machen? Man muss nehmen, was man zur Verfügung hat.«

Als er das feine Tuch wieder herauszog, war es voller Öl und Schmiere. Nur der Goldrand war sauber geblieben. Mir blieb der Mund offen stehen.

Er faltete das Tuch wieder feinsäuberlich zusammen und steckte es zurück in die Hosentasche. »Das hättest du dann aber auch gleich machen können«, sagte ich.

»Das stimmt, aber die Pause hat uns gut getan«, sagte er. »Jetzt fahren wir weiter.«

Das Moped sprang jetzt beim ersten Startversuch an. Wir fuhren los. Die Hektik vom Morgen hatte sich in Luft aufgelöst.

Die nächste Etappe führte uns zum Herrschaftswald, zu jener Straße, die neu planiert wurde. Schon von weitem hörten wir die schweren Maschinen und stellten uns auf eine lange Wartezeit ein. Schließlich wussten wir, dass sich die Planiermaschine mit seinem Straßenhobel nur im Schneckentempo weiterbewegte, um eine schöne, glatte Straße ohne Risse zu erzeugen. In dieser Zeit war links und rechts von der riesigen Baumaschine an kein Vorbeikommen zu denken. Jeder musste warten. Egal wie eilig er es hatte.

Kurz bevor wir zu dem Teilstück kamen, das neu mit Schotter geebnet wurde, verstummten die Maschinen. Gerade als wir dort ankamen, sprang die Tür zum Führerhaus der Straßenplaniermaschine auf und der Fahrer stieg aus. Er wischte sich den Schweiß von der Stirn. »Ihr habt Glück«, sagte er. »In den vergangenen eineinhalb Stunden gab es hier kein Durchkommen«, rief er uns zu. Die Schaufel seiner Maschine sei in der Mitte des Weges gebrochen, die Reparatur hätte eine knappe Stunde gedauert und die Straße damit noch länger blockiert.

Mein Vater zwinkerte mir zu, winkte den Bauarbeitern und gab Gas. Wir waren noch dazu die Ersten, die auf dem neuen Straßenstück fahren durften und fühlten uns wie besondere Glücksritter.

13. *Flieg wie ein Falke*

Ich kannte die Aufgaben des Übungsbuches schon fast auswendig. Zahlenreihen, die fortgesetzt werden mussten, geometrische Figuren, die in alle möglichen Richtungen gedreht oder zusammengesetzt werden sollten, Konzentrationstests und so weiter. Kurz gesagt, es war ein Übungsbuch für Aufnahmeprüfungen an Höheren Schulen. In so eine wollte ich unbedingt. Ich wollte in die Höhere Technische Lehranstalt für Elektrotechnik in Linz. Deswegen hatte ich die Aufgaben in meinem Übungsheft schon so oft gemacht, dass ich die Lösungen im Schlaf wusste.

Es war der Tag vor meiner Aufnahmeprüfung und mein Vater hatte mich mit auf seine Briefträger-Tour genommen. Vielleicht würde mir diese Ablenkung die Nervosität nehmen, hoffte er. Gelernt hätte ich jedenfalls schon genug, meinte selbst meine Mutter.

Wir fuhren durch das Tannermoor, das im Morgengrauen besonders mystisch wirkte. Die Nebelschwaden hingen noch in den Nadelbäumen, weit und breit war keine Menschenseele zu sehen. Nur vereinzelt kreisten Greifvögel über den Gipfeln der Fichten. Die Luft war noch kühl und feucht und mich fröstelte es im Fahrtwind nur ein klein wenig, aber das reichte aus, um meine Nervosität um ein paar weitere Nuancen zu steigern. Ich hatte plötzlich Angst, mir eine Erkältung zu holen. »Bleib bitte stehen, ich zieh mir eine Jacke an«, brüllte ich meinem Vater vom Rücksitz des Mopeds aus ins Ohr. Ich hatte Angst, ausgerechnet am Tag der Aufnahmeprüfung, mit Schüttelfrost im Bett zu liegen.

Mein Vater sah verdutzt in den Rückspiegel. »Jetzt gleich?«

Ich nickte heftig hinter seinem Rücken. Inmitten der verlassenen Schotterstraße des Tannerwaldes blieben wir stehen und stiegen ab. Mein Vater schnappte sich den großen Rucksack und sah hinein. »Hast du deine Jacke eingepackt?«

»Nein«, antwortete ich und wurde noch nervöser. »Du?«

Natürlich kannte ich seine Antwort schon.

Mein Vater seufzte. »Mir ist ohnehin schon viel zu warm.« Er zog seine Jacke aus und reichte sie mir.

»Danke«, sagte ich und zog sie zögerlich an. Seitdem wir stehen geblieben waren und der Fahrtwind wegfiel, war mir eigentlich gar nicht mehr kalt. Ich hatte wohl überzogen reagiert, schlüpfte aber trotzdem in seine Windjacke.

Das Material der Jacke knisterte, sonst war kein Laut in diesem verlassenen Waldstück zu hören. Die ersten Sonnenstrahlen blitzten durch die Fichten und warfen ein warmes, gelbliches Licht über den Waldboden. Es war so still, dass ich meinen eigenen Atem hören konnte.

Neben uns ragte eine mächtige Granitformation empor, die ganz oben Fichten überwucherten. Ich war zwar schon unzählige Male an dieser Stelle vorbeigefahren, hatte die riesigen Steine, die sich am Wegrand auftürmten, jedoch nie wahr genommen. Mein Vater folgte meinen Blick und zeigte mit dem Finger in den Himmel. »Siehst du?«, fragte er.

Ein Greifvogel kreiste majestätisch hoch über uns. Ich war begeistert. »Ein Adler«, sagte ich. »Glaubst du, er sieht uns zu?«

Mein Vater lächelte. »Gut, dass es beim Test morgen nicht um Vögel geht«, sagte er. »Dann müsstest du nämlich wissen, dass es bei uns keine Adler gibt. Das ist ein Falke.«

Mein Vater kannte sich, naturverbunden wie er war, mit den Tieren und Pflanzen in unserer Gegend recht gut aus.

Jetzt flog der Falke mit einer so hohen Geschwindigkeit auf die Granitformation zu, dass ich dachte, er würde im nächsten Moment daran zerschellen. Jäh verschwand er in einem Felsvorsprung.

»Der Falke brütet in Felswänden«, erklärte mir mein Vater. Um seine Flugkünste müsse ich mir keine Sorgen machen. Falken würden sich mitunter sogar im Sturzflug auf ihre Beute stürzen. »Er überlegt immer zuerst genau, was er will, dann konzentriert er sich darauf. Deswegen gibt es so viele Geschichten über Falken und Menschen, denen Falken-Eigenschaften nachgesagt werden.«

Ich wollte auch ein Falkenmensch sein. Das Bild des stolzen Tieres ließ mich nicht los. »Er kann seine Halswirbelsäule um 180 Grad drehen und hat so ein enormes Blickfeld. Er sieht alles, aber wenn er etwas will, dann will er nur das eine.«

Der Gedanke daran motivierte mich, als ich am nächsten Morgen mit meiner Mutter im Postbus nach Linz zur Aufnahmeprüfung fuhr. Alleine hätte ich vermutlich in Linz, für mich mit seinen damals kaum 180.000 Einwohnern eine Großstadt, gar nicht zu der Schule gefunden.

Zögerlich setzte ich mich dort neben einen Jungen, der seine Haare zu einem Pferdeschwanz gebunden hatte und zerrissenen Marken-Jeans trug. Ich war so nervös und gleichzeitig konzentriert, dass ich ihn wie aus der Ferne wahrnahm, obwohl er sich unmittelbar neben mir befand. Ich dachte an den Falken. Er wusste, was er wollte. Ich wusste es auch.

Ich konzentrierte mich voll auf die Aufgaben auf den Zetteln, die uns der Lehrer reichte. Als ich gerade einmal die Hälfte der ersten Seite gelöst hatte, griff mein Sitznachbar schon zur zweiten Seite. Ich hatte erst die zweite Seite geschafft, da griff er schon zur dritten. Ich konnte es nicht fassen. Mit jeder Aufgabe baute er seinen Vorsprung weiter aus. Er schien nicht einmal nachdenken zu müssen, so schnell kreuzte er die Lösungen an. Das machte mich mit jedem Blatt, das er weglegte, nervöser. Als ich, gerade noch rechtzeitig zum Abgabetermin fertig war, saß er bereits minutenlang gelangweilt neben mir.

»Du warst aber schnell«, sagte ich hinterher zu ihm.

Er zuckte mit den Achseln. »Ich hab mich eben vorbereitet«, sagte er.

»Ich habe das Übungsheft fast auswendig gelernt«, sagte ich.

»Ich hab einfach den Test auswendig gelernt«, sagte er.

Sein Vater war irgendwie an den Test gekommen. Er bestand, ich, der Falkenmensch, viel durch. So war das mit den Weisheiten, dachte ich. Sie hörten sich schön an, bloß funktionierten sie nicht.

Ich musste in die Polytechnische Lehranstalt, statt in die HTL. Dorthin kamen für ein letztes Schuljahr die Schüler, die nach der Pflichtschulzeit aus dem Bildungswesen ausschieden. Für mich brach eine Welt zusammen. Ich wollte nach wie vor in die HTL für Elektrotechnik. Jeden Tag lag ich meiner Mutter damit in den Ohren. Wenn ich es nicht als Falkenmensch geschafft hatte, würde ich es als Nervensäge schaffen.

Irgendwann hatte meine Mutter tatsächlich genug. Das sie eine Frau der Taten war, setzte sie sich am nächsten Tag in den Post-Bus nach Linz und fuhr geradewegs zum Landesschulinspektor, um für mich vorzusprechen. Sie trat dort offensichtlich so bestimmt und leidenschaftlich auf, dass ich tatsächlich umsteigen durfte.

Am nächsten Morgen saß ich wieder im Bus nach Linz. Diesmal ohne meine Mutter, dafür mit einem randvoll gepackten Rucksack. Mein Vater, der natürlich von meiner neuen Leidenschaft für Greifvögel wusste, hatte mir bei meiner Abfahrt ein Foto von einem Falken in die Hand gedrückt. Während der ganzen Fahrt nach Linz sah ich das Bild des stolzen Tieres an. Kleine schwarze Federn unterstrichen die großen dunklen Augen des Vogels. Durch den nach unten gebogenen Schnabel, der ganz oben gelb war, wirkte der Falke streng und konzentriert. Er hatte etwas Erhabenes. Nichts schien ihn bezwingen und von seinem Ziel abbringen zu können. Ein Falkenmensch fühlt sich nicht immer wie ein Sieger, dachte ich, aber am Ende kriegt er, was er will.

Sechs Schuljahre später hielt ich das Abschlusszeugnis der HTL in Händen und noch heute steckt das Bild des Falken in meiner Brieftasche. Wenn ich hektisch werde und glaube, den Fokus zu verlieren, schaue ich mir das mittlerweile völlig vergilbte und zerknitterte Bild an, denke an diesen Morgen im Tannerwald und gehe die Situation wieder so fokussiert an, wie es der Falke dort gemacht hätte.

14. *Setz dich auf verschiedene Steine*

Meine Großmutter saß auf ihrem Lieblingsplatz, der Bank in unserem Steingarten. In der Hand eine Tasse Kaffee, im Gesicht ein zufriedenes Lächeln.

Die Nachmittagssonne schien, als ein Polizeiauto in die Einfahrt zum Haus fuhr. Zwei junge Gendarmen stiegen aus und setzten sich ihre Dienstkappen auf. Die beiden waren neu in der Gegend. Sie hatten erst vor wenigen Wochen den langjährigen Gendarmen Schatzl und seinen Kollegen abgelöst.

Meine Großmutter war wie immer ganz aufgeregt, wenn sie Männer in Uniform sah. »Was verschafft uns die Ehre?«, fragte sie, und erzählte den beiden gleich, dass ihr Mann früher auch oft Uniform getragen habe, und dass das einen richtig feschen Mann aus ihm gemacht hätte. Zwar war seine Uniform nicht von der Gendarmarie, sondern von der Feuerwehr, aber da war meine Großmutter nicht so kleinlich. »Heute passt er ja leider nicht mehr in seine Uniform rein«, sagte sie zu den verdutzten jungen Beamten.

Einer der beiden unterbrach jäh ihr Geplauder. »Ist der Herr Friedrich Kern zuhause?«

»Ja, freilich. Wo soll er denn sonst sein, um diese Zeit? Gehen Sie nur rein, er ist in der Küche oder im Wohnzimmer«, sagte sie zu den Beamten.

Von ihrer Gartenbank aus beobachtete sie die beiden, wie sie die Klingeln an der Tür betrachteten. Wir hatten zwei, eine für die Wohnung der Großeltern im Erdgeschoss und eine für die Wohnung meiner Eltern im ersten Stock. Neben beiden Glocken stand »Friedrich Kern«, weil sowohl mein Vater als auch mein Großvater so hießen. Den Vermerk »Junior« oder »Senior« hatten sich beide gespart. Bei uns klingelte ohnehin nie jemand. Die Menschen gingen eher ein und aus wie in einem Gasthaus.

So machten es schließlich auch die beiden Beamten. Sie traten durch die offene Haustür in den Flur und klopfen an die Tür zur Küche meiner Großeltern. Dort spielte ich mit meinem Großvater gerade Schach. Der alte Herr war dabei immer hochkonzentriert. Das energische Klopfen an die Tür erschreckte ihn so, dass ihm eine Figur aus den Fingern glitt.

Die Beamten räusperten sich. »Guten Tag, sind Sie der Herr Kern?«

»Ja, wer soll ich denn sonst sein? Kennt mich ja jeder hier.«

»Entschuldigung, wir müssen fragen«, sagte einer der Gendarmen und kratzte sich verlegen hinter dem Ohr. »Wir ermitteln in einem Kriminalfall.«

Das klang dramatisch. Ich räumte das Schachspiel weg. Die Partie hatte ich ohnehin verloren.

Unsere Großmutter war schon ins Haus gekommen und schob die Beamten sachte in die Küche. »Was hat er denn getan?«, fragte sie.

»Wir ermitteln wegen einem Diebstahl. Ihr Mann gehört zu den Verdächtigen.«

Meine Großmutter hielt das für einen Scherz. »Kaffee?«, fragte sie. »Wartet, ich koche euch Frankfurter.« Es war ein Reflex meiner Großmutter, jedem Gast zunächst Kaffee und dann Frankfurter Würstel vorzusetzen.

»Danke, nein, wir müssen arbeiten«, schaltete sich jetzt der zweite Beamte ein.

»Ein Paar Frankfurter kann man immer essen«, sagte meine Großmutter. »Dafür braucht man keinen Hunger.«

Mein Großvater fragte, worum es ging. Im Gegensatz zu seiner Frau war er sich nicht sicher, dass es sich bei den beiden Beamten, die in seiner Küche standen, um zwei Scherzbolde handelte.

»Um eine gestohlene Postkappe«, sagte der jüngere Gendarm ernst.

Jetzt lachte auch mein Großvater. Das konnte nicht der Ernst dieser jungen Männer sein. Er schaute auf den Stehkalender, der im Eck auf der Küchenbank stand. Es war der 3. April. Also kein Aprilscherz. Fragend sah mein Großvater die beiden an.

»Jemand hat angezeigt, dass ihm eine Postkappe gestohlen wurde, und dass er Sie damit wegfahren gesehen hat«, präzisierte der Beamte.

Meine Großmutter lachte ebenfalls herzlich. »Da geht es um meinen Sohn, den Fritzl. Er ist Briefträger. Deshalb hat er eine Postkappe am Kopf.«

Sie ging in den Hausflur, lehnte sich über das Stiegengeländer und rief meine Mutter. »Christl, komm schnell zu uns! Da wollen zwei Kriminalbeamte etwas von einem Fritzl, der Moped fährt. Das kann nur deiner sein, meiner fährt ja nicht mehr.«

Die Gendarmen fanden die Situation gar nicht komisch. »Ein Diebstahl ist kein Spaß«, sagte der eine. Der andere pflichtete ihm mit einem Nicken bei.

Meine Mutter trat mit einem Geschirrtuch ein, in dem sie sich die Hände abtrocknete. Sie reichte den beiden die Hand. Aus dem Obergeschoss verbreitete sich der Geruch von Schweinsbraten, den meine Mutter gerade im Rohr hatte. »Was ist denn los?«

»Ein Herr vom Wohnblock im Dorf hat Anzeige erstattet, dass er seine Postkappe auf den Briefkästen liegen lassen hat. Als er zurück kam, war sie weg. Später soll Friedrich Kern damit auf seinem Moped gesehen worden sein.«

Im Gegensatz zu ihren Schwiegereltern, bemühte sich meine Mutter, ernst zu bleiben. Ihr war nicht entgangen, dass sich die Beamten unwohl fühlten und es ernst mit der Postkappe meinten.

»Wieso sollte er eine Postkappe stehlen? Er hat ja selber eine.«

Die Beamten zuckten mit den Schultern. Genau das hätten sie ihn gerne selbst gefragt. Mein Vater war aber entgegen der Meinung meiner Großmutter nicht zuhause. Meine Mutter versprach ihnen, dass er am Abend zum Gendarmerieposten kommen würde.

Die Beamten gingen, ohne die Frankfurter und den Kaffee meiner Großmutter angerührt zu haben. Das war gut für uns, denn Großvater und ich hatte nach dieser Aufregung Hunger.

Als mein Vater mit dem Moped vor der Haustür hielt, rannte ich ihm entgegen. Bald standen auch meine Großeltern und meine Mutter vor der Tür. Alle redeten durcheinander.

Auch mein Vater hatte keine Ahnung, was die jungen Gendarmen von ihm wollten. Aber er hatte Hunger. Deswegen wollte er erst in Ruhe den Schweinsbraten essen, dessen Geruch mittlerweile das ganze Haus erfüllte. Erst danach machte er sich auf den Weg zum Gendarmarieposten.

Die beiden Gendarmen, die nicht gerade in vielen Diebstahlsdelikten ermitteln mussten, hatten schon auf ihn gewartet.

»Ich bin Friedrich Kern und das hier ist meine Dienstkappe«, eröffnete mein Vater das Gespräch. Er legte seine Kappe auf den Tisch.

Die beiden schauten sich verdutzt an.

»Ist jetzt alles klar?«, fragte mein Vater.

Die beiden erklärten noch einmal, dass jemand Anzeige erstattet hätte, wegen des Diebstahls einer Postkappe, und dass er damit gegen 15 Uhr des Vortages auf der Straße gesehen worden war. Mein Vater bestätigte, um diese Uhrzeit an der verdächtigen Stelle gewesen zu sein.

Der Gendarm kratzte sich nachdenklich am Kinn. »Es gibt da eine Ungereimtheit«, sagte er.

Mein Vater wurde ungeduldig. »Und zwar?«

»Die beschriebene Kappe war eine gelbe Schirmmütze und hatte auf der Hinterseite einen Postfuchs aufgenäht. Ihre ist aber schwarz und hat auf der Vorderseite ein gelbes Posthorn.«

Jetzt war es mein Vater, der lachte. Die gelben Schirmmützen waren im Vorjahr von der Post als Weltspartagsgeschenk an die Sparer verschenkt worden. Sie waren aus billigem Material und hätten als Dienstkappen der Witterung nicht lange Stand gehalten. Von den Kappen waren noch ein paar Dutzend übrig geblieben, die nun in einer Kiste im Postamt lagerten. »Wenn ihr wollt, bring ich euch eine neue für den Herrn vorbei und am besten gleich noch zwei dazu, als Reserve, falls noch jemand so eine Anzeige erstattet«, sagte er.

Genauso machte er es. Damit war die Sache für ihn erledigt. Vorerst.

Zwei Wochen später wartete ich ungeduldig vor dem Postamt auf meinen Vater. Alle anderen Briefträger waren schon losgefahren, nur er war noch immer drin. Ich lugte mit vorgehaltener Hand durch das gekippte Fenster. Da stand er und diskutierte mit Postdirektor Hennerbichler. Sein Kopf war hochrot, der Hennerbichlers auch. »Du musst jetzt mit dem Chef sprechen. Sofort!«, herrschte ihn Hennerbichler an. Mit »Chef« meinte er den Chef der Post in Linz. »Eine Dienstanzeige ist keine Kleinigkeit.«

Ich schlich ins Gebäude. In dem Moment klingelte das Telefon. Hennerbichler hob ab, sprang vom Sessel auf und streckte die Knie durch und die Brust raus. Gleich darauf drückte er meinem aufgebrachten Vater den Hörer in die Hand.

Ich bekam durch die Worte meines Vaters so ungefähr mit, was geschehen war. Jemand hatte Dienstanzeige erstattet, weil mein Vater ihm angeblich eine Postkappe gestohlen hatte. Der Mann in Linz fand offenbar, dass so etwas kein gutes Licht auf die Post warf und er die Sache deshalb ernst nehmen müsse.

Mein Vater erklärte ihm, dass er damit nichts zu tun hatte und trotzdem schon einige dieser Weltspartags-Kappen zur Polizei gebracht hatte.

Wutentbrannt verließ er kurz darauf das Postamt und fuhr, mit mir auf dem Rücksitz, los. So aufgebracht hatte ich ihn selten erlebt. Ich hätte ihn gerne beruhigt, aber mir fiel absolut nichts ein.

Bei einer Felsenformation stoppte er. »Ich brauche eine Pause. Sonst zerreißt es mich vor Wut«, sagte er. »So ein Theater wegen einer blöden Kappe.«

Er stapfte zum Teufelsstein, einem sagenumwobenen Naturdenkmal, das aussah, als hätte ein Riese Granitbrocken aufeinander gestapelt. Rundherum lagen größere und kleinere Steine. Er setzte sich auf einen davon, stützte die Ellbogen auf die Knie und hielt sich die Hände vors Gesicht. Wie ein kleines Kind, das sich ungerecht behandelt und machtlos fühlt.

»Weinst du, weil du dich so aufregst?«, frage ich vorsichtig.

»Ich versuche mich nicht auf-, sondern abzuregen. Ich muss nur kurz die Augen schließen.«

Ich setzte mich auf den gegenüber liegenden Stein.

Als er die Hände wieder von den Augen nahm, griff er nach der Kappe auf seinem Kopf und warf sie auf einen Stein, der zwischen uns lag. »Oskar, was siehst du?«, fragte er.

»Nichts.«

»Was heißt nichts?«

»Naja, die Kappe liegt aus meiner Sicht hinter dem Stein. Ich kann sie nicht sehen.«

Mein Vater lächelte. »Siehst du, und ich kann den Stein gar nicht sehen, weil ihn die Kappe verdeckt.«

Er setzte sich auf einen anderen Stein.

»Von hier aus sehe ich die Kappe, aber nicht das gelbe Posthorn auf der Kappe«, sagte er.

Auch ich wechselte die Position. »Von hier aus sehe ich das Posthorn auf der Kappe.«

Wir hüpften von einem Stein zum anderen und wunderten uns, wie unterschiedlich die Perspektiven waren. Der Stein, hinter dem die Kappe lag, die Kappe selbst und das Posthorn darauf tauchten einmal auf, dann verschwanden sie wieder. Mein Vater kratzte sich am Kopf. Das sei ihm schon oft aufgefallen, hier beim Teufelsstein, sagte er. Er würde ihm immer wieder neue Sichtweisen eröffnen.

»Vielleicht hat der Mann aus dem Wohnblock auch etwas ganz anderes gesehen als ich«, sagte er. »Ich fahre jetzt zu ihm und frage ihn einfach.«

Er klopfte mir auf die Schulter. Eigentlich sei es ungerecht, dass die Steinformation vor uns von allen Menschen Teufelsstein genannt wurde, fand ich. Sie war sehr hilfreich gewesen.

Wir nahmen eine Abkürzung und läuteten wenig später bei dem Mann, der die Anzeige erstattet hatte. »Hallo, ich bin es, der Fritz«, sagte mein Vater. »Offensichtlich gibt es ein Missverständnis. Sie denken, ich hätte Ihre Kappe gestohlen.«

Der Mann hatte offensichtlich nicht mit diesem Besuch gerechnet.

»Sie haben doch eine neue Kappe bekommen«, sagte mein Vater. »Warum schwärzen Sie mich dann bei meinem Arbeitgeber an?«

Jetzt würde sich der Mann sicher gleich entschuldigen, dachte ich. Das tat er aber nicht. Stattdessen stieg ihm die Zornesröte ins Gesicht. Sein Ärger platzte nur so aus ihm heraus. »Sie glauben wohl, Sie könnten sich so einfach aus der Affäre ziehen«, sagte er. »So einfach geht das aber nicht. Sie können mir nicht meine Kappe wegnehmen und mir irgendeine andere als Ersatz bringen. Wo kommen wir da hin?«

Mein Vater und ich sahen ihn verwundert an. »Es ist doch genau die gleiche Kappe«, sagte mein Vater.

»Die Gleiche ist aber nicht dieselbe. Sie arbeiten bei der Post. Sie könnten Dutzende Kappen bekommen. Aber nein, genau meine müssen Sie mir wegnehmen, Sie boshafter Mensch.«

Es dauerte eine Weile, bis mein Vater verstand, warum sich der Mann wegen dem Verlust eines so wertlosen Geschenks dermaßen aufregte. Es ging ihm nicht um den materiellen Wert der Kappe, sondern darum, dass er sie von seiner kleinen Nichte geschenkt bekommen hatte. Sie war kurz darauf mit ihrer Familie nach England ausgewandert. Die Kappe war für ihn eine Erinnerung gewesen. Auf ihre Innenseite hatte ihm das kleine Mädchen ein Gedicht zum Abschied geschrieben. Er hatte ihr versprochen, gut auf ihr Geschenk aufzupassen.

Aus seiner Sicht war die neue Kappe also nicht mit der alten gleichzusetzen. Mein Vater hatte es zwar gut gemeint mit dem Ersatz, aber logischer Weise nichts damit erreicht. Der Mann hatte den Versuch sogar überheblich gefunden. Es war wie beim Teufelsstein. Von jedem Stein aus, tat sich ein völlig neuer Blickwinkel auf.

Langsam wurde klar, warum aus einer an sich wertlosen Kappe ein womöglich folgenschweres Drama geworden war. Jeder fühlte sich aus seiner Sicht im Recht. Erst als jeder seinen Blickwinkel dargelegt hatte, löste sich der Konflikt zwischen den beiden Männern allmählich in Luft auf.

Am Abend erzählte mir mein Vater, dass er immer wieder zum Teufelsstein fuhr, wenn er die Sichtweise anderer Menschen verstehen wollte. Dann saß er dort auf den verschiedenen Steinen und betrachte eine

Situation aus verschiedenen Blickwinkeln. Ich fragte ihn, warum er sich nicht daheim vier Stühle aufstellte und sich den Weg zum Teufelsstein sparte. »Das wäre etwas anderes«, antwortete er. Beim Teufelsstein hätte er genügend Abstand und könne eine Situation objektiver überblicken. Oft würde sich dabei zeigen, dass viel Wirbel um eigentlich gar nichts gemacht würde. Einfach nur, weil sich ein Missverständnis an das nächste reihte und niemand sich bemühte, es aufzuklären.

Die Gendarmen stellten die Ermittlungen ein. Wer die Kappe gestohlen hatte, wurde nie bekannt. Es interessierte aber auch niemand mehr.

Unsere Familie konnte manchmal ein chaotischer Haufen sein, aber letztlich konnten wir alle auf einander zählen. Brauchte jemand Hilfe, bekam er sie. Deswegen fuhren wir zum Beispiel Jahr für Jahr zur Kartoffelernte zu meiner Patentante nach Liebenstein. Kartoffeln zu ernten war mühsam und wir Kinder hätten sogar lieber für die Schule gelernt. Aber das zählte dann nicht und am Abend nach einem langen Erntetag, wenn wir alle gemeinsam beim Essen saßen, waren selbst wir Kinder froh, dabei gewesen zu sein. Solche Tage schweißten die Familie noch enger zusammen. Ich schlief selten so gut und zufrieden, wie nach so einer Kartoffelernte.

Noch schlimmer als Kartoffeln zu ernten war das Entfernen der Steine im Frühjahr vor dem Pflügen der Felder. Die Felder meiner Patentante lagen in einem Granitsteingebiet, das nur von einer dünnen Humusschicht überzogen war. Vor der Aussaat mussten die Steine weg, sonst wäre der Pflug schon bei der ersten Fahrt kaputt gegangen. Mit Eimern ging die ganze Familie aufs Feld, und selbst die Alten ließen es sich nicht nehmen, mitzuhelfen.

Zu Weihnachten kam immer die ganze Familie nach Hause, unsere nur etwas später als andere, weil meine Eltern wie gesagt auch am 24. Dezember Dienst hatten. Die Weihnachtskarten der Sommergäste waren in ihren Taschen, und natürlich hatten sie die von vielen Kunden bereits nervös erwarteten Weihnachtsgeschenke aus dem Versandhandel dabei. Bei manchen Häusern wussten meine Eltern schon beim Abgeben des Paketes, dass sie dessen Inhalt nach den Feiertagen als Retourware zurück bekommen würden. Es gab immer ein paar Männer in Liebenau, die ihren Frauen jedes Jahr zu Weihnachten etwas im Versandhandel bestellten, und weil sie das nur einmal im Jahr taten, waren sie bei den Kleidergrößen nicht am aktuellen Stand. »Er hat mir eine Bluse bestellt, in die hätte ich nicht einmal mit zwanzig gepasst«, schimpften die Frauen dann. Bei anderen war es genau umgkehrt. »Sehe ich wirklich so dick aus, dass er mir so ein Riesending bestellt?« Einigen Männern blieben solche Probleme wenigstens unter dem Weihnachtsbaum erspart, weil sie die Bestellung zu spät aufgegeben hatten und das Paket erst nach den Feiertagen ankommen würde.

Auch meine Großmutter hatte zu Weihnachten ein volles Programm, und zwar beim Friseur. Traditionell saß sie am 24. Dezember als erste Kundin im Frisiersalon. Erst Stunden später kam sie mit frisch blondierten Haaren und neuer Dauerwelle wieder heraus.

Dann strahlte sie immer und witzelte, dass sie auch dieses Jahr wieder wie ein blonder Engel unter dem Christbaum sitzen würde.

Es war mein erstes Jahr als Führerscheinbesitzer und ich holte Großmutter gemeinsam mit meiner Freundin Petra vom Friseur ab. Wir hatten schon gemeinsam mit Silvia und ihrem Mann Alex begonnen, den Christbaum zu schmücken, waren aber nicht fertig geworden. Es fehlte der Strohstern, den wir traditionell an die Spitze setzten. Wir konnten ihn nirgends finden. Großvater konnte uns nicht weiterhelfen. Wir hatten auf Großmutter warten müssen.

Sie wusste sofort, wo der Stern war. In der blauen Kiste, oben am Dachboden. Wo wiederum die blaue Kiste war, wusste sie nicht genau. »Ich gehe schon«, sagte sie. »Wascht ihr inzwischen das Geschirr ab.«

Mein Großvater rief ihr nach, dass sie sich für die steile Dachbodenstiege ordentliche Schuhe anziehen solle. Mit den Holzschlapfen sei es viel zu gefährlich über die Stiege zu steigen.

Wir hörten das Knarren der Dachbodenluke, dann das Rattern der schmalen Holzleiter, die Großmutter aus der Dachbodenluke zog. Kurz herrschte Stille, dann folgte ein dumpfer Knall.

Silvia ließ das Geschirrtuch fallen, ich die Christbaumkugel, die ich gerade aufhängen wollte. Wir liefen hinauf zur Dachbodentür. Dort lag Großmutter rücklings am Steinboden. Um ihren Kopf sammelte sich eine Blutlache, im Flur verstreut lagen ihre Clogs. Sie war bewusstlos. Beim Sturz von der Stiege, hatte sie sich offenbar den Hinterkopf am Schuhkasten angestoßen.

Meine Eltern, beide für solche Fälle durch ihr ehrenamtliches Engagement beim Roten Kreuz geschult, waren noch nicht da. Mein Großvater hatte auch einmal beim Roten Kreuz mitgearbeitet, doch angesichts seiner eigenen Betroffenheit war er hoffnungslos überfordert. Kreidebleich und händeringend stand er neben seiner reglos daliegenden Frau. »Die Oma«, japste er völlig verzweifelt.

»Ich hole die Rettung«, murmelte er schließlich und polterte das Stiegenhaus hinunter. Als er den Hörer abnehmen wollte, läutete das stets auf volle Lautstärke aufgedrehte Telefon. Mein Großvater zuckte zusammen. Die Panik war perfekt. Fahrig hob er ab. »Die Oma, die Oma!«, japste er in den Hörer.

Mein Bruder Klaus war dran. Er rief aus seiner Wohnung in Linz an und wollte eigentlich nur wissen, ob er noch etwas mitbringen sollte.

Meine Schwester riss Großvater den Hörer aus der Hand, knallte ihn auf die Gabel, um eine freie Leitung zu bekommen, und wählte endlich die Nummer der

Rettung, die auf einem Aufkleber am Telefon stand. Ich lief in Socken hinaus zum Auto. Ebenfalls in Panik dachte ich, den Einsatz irgendwie beschleunigen zu können, wenn ich zu der Garage fuhr, in der das Rettungsauto stand.

Am Weg dorthin wäre ich fast ins Postauto meiner Mutter geknallt. Sie fuchtelte angesichts meines verantwortungslosen Fahrstils wild mit den Händen hinter dem Lenkrad. Ihr Wagen starb ab. Ich sprang, immer noch in Socken, aus dem Auto. »Die Oma ist gestürzt«, sagte ich.

Sie startete wieder. Mir war klar, wohin sie fuhr. »Was ist mit der Post?«, fragte ich.

Sie sah mich streng an, als hätte ich etwas sehr Dummes gesagt. »Wenn es um die Familie geht, zählt nichts anderes«, sagte sie.

Als ich daheim ankam, stand das Auto meiner Mutter bereits mit offener Fahrertür vor dem Haus. »Ihr seid mir Erstversorger«, seufzte sie, als ich zu ihr trat. Sie kniete neben meiner am Boden liegenden Großmutter. »Ihr rennt wie aufgescheuchte Hühner durchs Haus und denkt nicht daran, Oma seitlich zu lagern.«

Sie bewahrte als Einzige einen kühlen Kopf. Sie drehte ihre Schwiegermutter in die stabile Seitenlage und wies uns an, ihr kalte Tücher zu bringen, die sie ihr ins Genick legte. Großmutter kam sofort wieder zu Bewusstsein.

Großvater fing in seiner Verzweiflung zu schimpfen an. Er hätte ihr doch immer gesagt, sie solle nicht in Schlapfen zum Dachboden hinauf gehen.

Die Rettung bog wenige Minuten später mit Blaulicht in unsere Einfahrt ein. Großmutter lag zu dem Zeitpunkt schon auf der Küchenbank. Sie war die Einzige im Haus, die gelassen blieb. »Macht nicht so ein Theater«, sagte sie. »Es ist nichts passiert. Die Kiste mit dem Strohstern müsste in der Kommode oben, gleich neben der Treppe, sein.«

An diesem Heiligen Abend saß Großmutter nicht wie ein blonder Engel neben dem Weihnachtsbaum. Im Krankenhaus nähte ein Arzt zuerst die Platzwunde an ihrem Kopf, dann verpasste ihr eine Schwester einen Verband, der wie ein Turban aussah. Die alte Dame mit der nun wieder völlig zerstörten Frisur nahm es mit Humor. »Heuer sehe ich aus, als hätte der Friseur vergessen, mir die Trockenhaube abzunehmen.«

So früh, wie an diesem Heiligen Abend war die Familie sonst nie versammelt. Mein Vater hatte von seinem Kollegen Wirrer erfahren, was bei uns los war und war ebenfalls sofort nach Hause gekommen. Mein Bruder Klaus war überhastet vom Internat in Linz aufgebrochen, was dazu führte, dass ein paar Geschenke weniger unter dem Christbaum lagen. Er hatte seine in der Eile liegen gelassen. Das interessierte jedoch niemanden. Auch nicht, dass an diesen Weihnachten kein Strohstern an der Spitze des Christbaumes steckte. Erst beim Essen bemerkten wir es. Großvater wollte nicht, dass deswegen noch jemand nach oben ging. »Das ist Firlefanz, den eigentlich niemand braucht«, sagte er. »Es zählt nur, dass die Familie zusammen ist. Das ist das größte Geschenk.«

Später fragte ich meine Mutter, ob es mit der Post ein Problem gegeben hatte. Schließlich waren manche Weihnachtskarten nicht sofort bei ihren Adressaten angelangt. »Dass Familie immer vorgeht, akzeptieren auch alle anderen, und wer es nicht akzeptiert, sollte lernen, es zu tun«, sagte sie.

Später am Abend

Die Vorspeisenteller waren bereits abserviert, als ich meine Brieftasche aus dem Sakko zog. Darin steckte das Bild des Falken, das ich seit meinem ersten Schultag in der HTL in Linz bei mir trug. Ich zeigte es der verblüfften Runde in der Orangerie des Schlosses Schönbrunn, als jemand seine Hand auf meiner Schulter legte. Es war meine Frau. »Das Kindermädchen hat sich leider verspätet«, sagte sie und begrüßte die Gäste. Unsere beiden Jungs waren nicht immer leicht ins Bett zu bringen, deswegen war sie erst später von zuhause weggekommen.

»Darf ich vorstellen, das ist meine Frau Petra«, sagte ich.

Petra trug an jenem Abend ihre langen blonden Haare offen und dazu ein dunkelblaues Kleid. Sie sah phantastisch aus. Als sie merkte, dass die anderen sie verdattert ansahen, lächelte sie. »Habe ich etwas verpasst?«, fragte sie.

Es freute mich, dass den Damen und Herren an meinem Tisch meine Geschichten zu denken gegeben hatten. Ich wusste allerdings, dass das nicht unbedingt mit meinen erzählerischen Qualitäten zu tun hatte, oder weil die Geschichten so spannend gewesen oder die Pointen so perfekt gesessen wären. Vielmehr hatten viele Menschen in der Wirtschaft angefangen, umzudenken und das ist gut so.

Viele Jahre lang hatten die Wirtschaft Absolventen der Wirtschaftsuniversitäten geprägt, Spezialisten für Umsatz und Gewinn, die Fortbildungen in effizienter Unternehmensführung, Kommunikation und Motivation besuchten. Es war eine Zeit, die Manager hervorgebracht hatte, die ihr eigenes Menschsein am Morgen mit dem Umbinden ihrer Krawatten ablegten und die am Abend, wenn sie heimkamen, jeden Tag ein bisschen schwerer dorthin zurück gefunden hatten.

Dieser Managertypus, das wurde immer offensichtlicher, tat weder der Wirtschaft noch sich selbst viel Gutes. Die Wirtschaft krachte bedrohlich und immer mehr Studien belegten, dass sehr viele dieser Manager und deren Mitarbeiter ausgebrannt und leer waren, emotional kaputt und und trotz ihrer vermeintlichen schillernden Positionen unglücklich. In den Geschichten meiner Eltern klang immer etwas mit, das als Alternative dazu taugt, eine Art gesamtheitlicher Ansatz im Handeln, der die Dinge wieder ins Lot rücken kann. Der war es in Wirklichkeit gewesen, der meine Zuhörer gefesselt hatte.

Ich habe mich bei meiner Karriere nie bewusst dafür entschieden, statt auf die überlieferten Regeln für Manager auf die Weisheiten meiner Eltern zu setzen. In der HTL machte ich meinen Schulabschluss mit Auszeichnung. Doch danach zog mich nichts an eine Universität und finanziell hat sich diese Frage für unser Familie auch nicht gestellt. Ich wollte arbeiten und mit meinem Engagement und meinem Wissen Geld verdienen. Es blieb mir gar nichts anderes übrig, als auf das Rüstzeug zu setzen, das mir meine Eltern mitgegeben haben, und das funktionierte.

Es war keine Koketterie, was ich den anderen Gästen an meinem Tisch zu Beginn des Abends sagte. Es stimmte wirklich: Was ich für meine Karriere brauchte, die mich über eine Praktikantenstelle bei »Siemens«, über die Stelle eines technischen Zeichners, eines Projektmanagers und eines Regionalmanagers ebendort an die Spitze von »Elin«, des größten österreichischen Gebäudetechnikunternehmens mit 250 Millionen Euro Jahresumsatz und 1.500 Mitarbeitern, geführt hatte, hatte ich von zwei Landbriefträgern gelernt.

Viele Menschen, in der Wirtschaft und überall sonst, spüren inzwischen, dass es auf vorgefertigtes Wissen und dessen konsequente Anwendung nicht ankommt, und dass effiziente Spezialisten die Welt nicht besser machen werden. Sie haben Recht. Es geht vielmehr darum, die Menschlichkeit auf allen gesellschaftlichen Ebenen neu zu entdecken. Zu entdecken, dass sie im wörtlichen Sinn funktioniert, und zwar besser als jeder Dreh und jeder Trick, den wir uns je aneignen könnten. In Liebenau genauso wie im Rest der Welt.